Kai

Kai

Eine Internatsgeschichte
von Maruan Paschen

Matthes & Seitz Berlin

* Dass Kinder immer hinten sitzen müssen, hat meine Mutter gesagt, dass sie im Grunde nicht jedes Mal diese Diskussion haben möchte, weder ob ich dieses eine Mal vorne sitzen dürfe, noch ob ich überhaupt noch ein Kind sei. Deshalb sitze ich auf der Rückbank eines alten Honda, der durch Schnee fährt. Einen Berg hinauf, wieder hinab, wieder hinauf und wieder hinab, bis es nur noch bergauf geht, der Honda durch ein großes Tor fährt, weiter bergauf, bis zum Schloss, das ganz oben steht.

* Der Bohlender hat einen Witz gesagt, dass man uns ja gar nicht sehen könne, hat er gesagt, in dem weißen Honda, bei all dem Schnee, nur ein paar Rostflecke denke ich, die durch die Luft fliegen.
Dann denke ich, dass so ein schmutziges Gespenst aussieht.

* Der Bohlender beugt sich, grimmig tut er das, sehr grimmig, zu mir herunter. Er ist wulstig und sein Schnauzbart riecht nach geräuchtem Tabak. Er atmet zur Hälfte durch

den Mund und zur Hälfte durch die Nase. Aus seiner Nase kommt beim Einatmen ein Pfeifton, als wäre seine Nase eine Flöte, in die man, da bin ich mir sicher, nicht hineinpusten darf. Ich würde gerne in seine Nase pusten.

* Es ist sehr kalt, aber das liegt daran, dass ich den Reißverschluss meines Anoraks nicht zugezogen habe. Ich schließe den Reißverschluss und schaue nach fliegenden Rostflecken. Weil ich keine finde, lasse ich mich vom Bohlender in das Schloss schieben. Im Honda saß meine Mutter.

* Wir, der Bohlender und ich, gehen dann noch kurz auf den Flur, wo sich mir alle Familienmitglieder vorstellen, dann stelle ich mich vor, und dann habe ich alle Namen wieder vergessen.

* Warum bin ich hier? Plötzlich bin ich mir nicht mehr so sicher. Die wichtigsten Gründe:

Ich hatte Angst, die große Straße vor der Schule zu überqueren.

Oder:
In der Stadt gibt es nur wenig Tiere und die meisten passen in einen Käfig, der in ein Kinderzimmer passt.
Oder:
Das ausgelaufene städtische Schwimmbad hat braune Ränder an den Nichtschwimmerleitern.

Ich glaube, das sind die wichtigsten Gründe.

* Mein Zimmer ist klein. Es gibt zwei Holzschreibtische, zwei Holzstühle, zwei Holzschränke und zwei Holzbetten. In die Dachschräge ist ein Fenster eingelassen, das der Bohlender, der vor mir gegangen ist, öffnet. Er wisse nicht, wo der Jürgen sich her-rum-treibe, aber es sei immer gut, ein wenig zu lüften, der Jürgen sei sonst aber ein-ganz-Netter. Wer denn der Jürgen sei, frage ich. Der Bohlender antwortet nicht. Stattdessen prüft er etwas an den Schubladen der Holzschreibtische und an den Scharnieren der Holzschränke, und ich stehe in der Tür, der Rucksack und der Koffer von Oma werden immer schwerer. Ob ich denn nicht endlich meine Sachen abstellen wolle, fragt der Bohlender. Ich stellte den Koffer neben das nicht bezogene Bett und versuche, meinen Rucksack abzusetzen, verhake mich aber mit den Armen. Dann schaffe ich es doch.

* Jürgen hat eine Bibel neben seinem Bett. Auf Jürgens Schreibtisch liegen bunte Kreidestifte, die er nach den Farbabstufungen sortiert hat. Ohne richtig zu wissen warum, nehme ich einen zitronengelben Stift und schiebe ihn zwischen ›Burgund‹ und ›Rost‹. Während ich kurz darüber lache, tritt einer in das Zimmer und lacht mit. Er fragt mich, worüber ich denn lachen würde. Ich höre auf zu lachen und sage, wie ich heiße. Ich ahne, dass das Jürgen ist, und will ihm nicht sagen, worüber ich gerade gelacht habe. Er grinst. Dass er Jürgen sei, sagt er, dass ich mir das schon gedacht habe, erwidere ich nicht, dass er sich freue. Dass ich ein wenig rausgehen werde, um mich umzuschauen, sage ich, dass ich aber zum Essen wieder da sein solle, sagt er grinsend, sonst werde der Bohlender sauer. Beim Hinausgehen bemerke ich: Alles ist ziemlich aufgeräumt in unserem Zimmer.

* Vor dem Schloss gehen alle Wege bergab, klar, denn über dem Schloss ist nichts mehr außer Himmel. Links ist nur noch das Nebenhaus; sicher ist das früher mal ein Stall gewesen oder so etwas. Nach rechts geht's an den anderen Häusern vorbei, am Sportplatz und schließlich über eine Serpentine hinunter zum Dorf. Am Sportplatz setze ich mich vor das große Tor und versuche, einen Plan zu zeichnen. Danach notiere ich: ›Serpentine‹.

* Beim Abendessen sitze ich dem Bohlender gegenüber. Links von mir sitzt Jürgen, der immer noch grinst, rechts sitzt einer, der Kai heißt. Die Namen der anderen kenne ich nicht, aber ich werde später einen Sitzplan entwerfen, denke ich. Der, der Illing heißt und links von mir sitzt, erzählt von Herrn Fleck, während Kai auf einem Leberwurstbrot kaut. Illing sagt, den hätte ich auf jeden Fall in Mathe und dass es aber ziemlich egal sei, wie gut ich in Mathe wäre. Kai lacht. Er, Kai, will dann noch etwas sagen, aber bevor er etwas sagen kann, wischt ihm der Bohlender über den Hinterkopf, so, dass Kai ein Stück Leberwurstbrot auf den Teller fällt. Zu Hause haben wir Holzbrettchen statt Teller.

* Nach dem Abendbrot haben wir eine Stunde ›Ich-Zeit‹, ›wir alle‹ haben ›Ich-Zeit‹, was ich komisch finde. Ich weiß nicht genau, was tun, und der Bohlender sagt, ich solle doch einen Spaziergang machen, einfach meine Schuhe ausziehen und durch den Wald spazieren; weil ich doch aus der Stadt komme, habe ich doch sicher noch nie so viel Wald auf ein Mal gesehen? Und dass ja kaum Schnee liegen geblieben wäre. Ich ziehe meine Schuhe aus und spaziere durch den Wald. Ich vergleiche die Menge an Wald mit allem Wald, den ich je gesehen habe, und komme zu keinem Ergebnis. Das feuchte Moos quillt bei manchen Schritten durch meine Zehen, an meinen

Ballen spüre ich die trockenen Blätter, die Stiche der Zapfen und Äste, die unter meinem Gewicht knicken. Aus der Luft legt sich der Nebel auf meine nackten Arme, ein tropfendes Geräusch kommt aus dem Dickicht. Ich werde das aufschreiben. Die ›Ich-Zeit‹ werde ich immer hier verbringen, denke ich und friere. Oder am Schonfeld hinter dem Waldfamilien-Haus. Da könne man, hat der Bohlender gesagt, auch Spaziergänge machen. Ich weiß nicht genau, was ein Schonfeld ist, nehme aber an, dass man die Feldwege nicht verlassen darf.

* Meine Mutter ist mit dem weißen Honda verschwunden. Mit dem weißen Honda sind die Rostflecken verschwunden und mit den Rostflecken auch das Gespenst, das nie wirklich da war. Und wenn es da gewesen wäre, so wären es ja nicht die Rostflecken, sondern alles um die Rostflecken herum. Das, was unsichtbar ist. Und das ist gar nicht unsichtbar, in Wirklichkeit, man kann den Honda wohl sehen, der Bohlender hat ja nur einen Witz gesagt.
Ich, zum Beispiel, habe keine Angst vor Gespenstern, ich glaube auch nicht, dass es sie gibt, in Wirklichkeit. So wie alle nicht an Gespenster glauben. Ich meine, das ist doch albern.

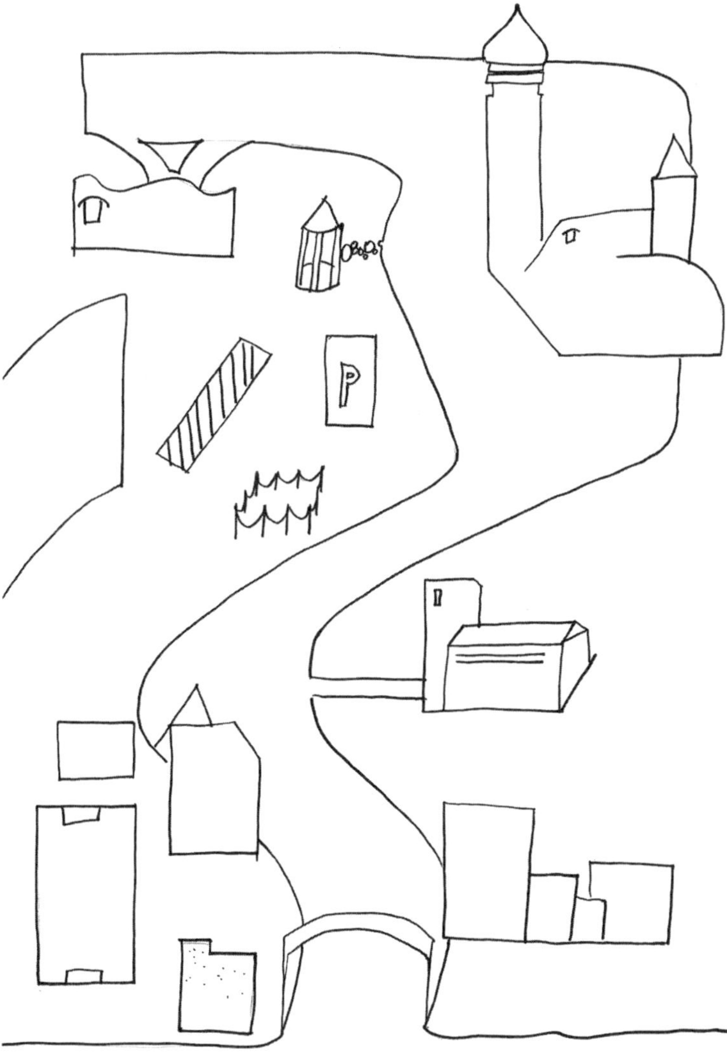
P

* Am Waldrand kommt mir Kai entgegen, auch barfuß. Ob der Bohlender mir den Tipp gegeben habe, die Schuhe auszuziehen und durch den Wald zu spazieren? Weil ich aus der Stadt kommen würde? Und der Wald dunkler sei als die Stadt? Kai sagt, dass es viel zu sehen gebe. Und dass er Kai heiße.
Dann gehen wir eine Zeitlang nebeneinander her.
Ob ich einmal etwas sehen möchte, fragt Kai, ganz in der Nähe sei das. Ich nicke und Kai rennt voraus, immer weiter durch schmale Kiefernlücken, über Mooshaufen. Etwas, das ich sehe: Mooshaufen und Kiefernlücken. Ich bin mir jedoch nicht sicher, ob es das gibt, was er mir zeigen möchte.
Irgendwann sagt Kai, dass wir da seien.
Es ist nichts zu sehen.

* Ich sage, dass es nicht schlecht sei. Kai schaut mich beleidigt an. Dass ich doch gar nichts sehen würde und auch nicht wisse, worum es geht, sagt er leise. Dass das stimmt, antworte ich. »Worum geht's?«
»Hier drunter«, sagt Kai und stampft mit dem Fuß auf den Waldboden, »da ist, was wir suchen.« Dann kniet er

sich hin und fängt an, mit dem Fuß die Nadeln wegzuschieben. Ich helfe ihm.
Als wir eine Kuhle ausgegraben haben, in die man sich setzen kann, zu zweit, machen wir eine Pause. Kai holt Zigaretten aus der Jacke und gibt mir eine. Dass ich nicht rauchen würde, sage ich ihm, dass ich jetzt eben doch rauchen würde, sagt er.
Ich verstehe nicht, was wir hier machen. Wir rauchen.

* Heute ist ein Anlass. Es gibt Anlässe, meist an Dienstagen, aber auch an Montagnachmittagen und zu allen anderen Tagen. Der Bohlender sagt, dass es für die Anlässe Regeln gebe.
Anlass heiße vor allem, sagt der Bohlender, dass man sich dem Anlass entsprechend kleiden müsse. Es gibt drei Kleiderstufen:
Kleiderstufe 1 = weißes Hemd, schwarze Hose, optional Jackett, optional Krawatte;
Kleiderstufe 2 = weißes Hemd, schwarze Hose, Jackett, optional Krawatte;
Kleiderstufe 3 = weißes Hemd, schwarze Hose, Jackett, Krawatte.
Die Kleiderstufe für den Anlass wird nach dem Abendbrot zusammen mit den Diensten angekündigt.

15

* Die Zapfen und Äste sind, glaube ich, der Müll des Waldes. Deshalb wird er auch verbrannt. Weil der Wald, und das ist ja auch klar, seinen Müll nicht in Papierkörbe oder Waldmüllkörbe werfen kann, lässt er seinen Müll einfach fallen, wo er gerade anfällt. Um den Müll an den richtigen Ort zu bringen, brauche man Regeln und ein Hirn, hat der Bohlender gesagt. Im Notfall würde auch eines von beiden ausreichen. Der Illing, der einen Schlüssel zu seinem Zimmer haben darf, nimmt alles, was er so findet, in sein Zimmer. Er bringt aber nie etwas hinaus. Obwohl der Illing ein Hirn hat. ›Illing‹ notiere ich, obwohl es, genau genommen, kein Wort ist. Sondern ein Name. Ich nehme mir aber vor, in Zukunft genau zu überlegen, welche Wörter ich notiere und welche nicht. (Es dürfen, natürlich, nicht zu viele werden.)

* Der mit der Glatze heißt Heinz. Ich erfahre, dass es eine Band gibt, Electra singt, Kai spielt Schlagzeug, irgendjemand, den ich nicht kenne, spielt Keyboard, der Bohlender ist der Chef, und eine Gitarre wird noch gesucht. Ich sage dem Bohlender, dass ich Gitarre spielen kann, was gelogen ist. Er aber lädt mich ein zum Vorspielen im Bandbunker gleich beim großen Tor.
Ich bin etwas zu früh. Am großen Tor rauchen Schoko und Lukash eine Zigarette, die Lukash in der Hand

versteckt. Sie sitzen auf der Bank vor dem Bandbunker, Lukash legt seine Hand auf Schokos Oberschenkel, Schoko lacht, nimmt seine Hand und legt sie wieder zurück auf seinen eigenen Oberschenkel. Ich zeichne beide auf ein Stück kariertes Papier. Die Sonne ist zum ersten Mal nicht nur hell, sondern auch warm, genau wie der Wind. Der Boden unter dem Rasen ist noch ein wenig feucht, aber das Gras trocken, ich sitze im Schneidersitz.

17

[Zeichnung eines leeren Stück Karopapiers.]

* Ob ich Stinker schon wieder bei ihm im Zimmer gewesen sei, fragt Heinz, der plötzlich hinter mir steht, und seine Sandwichmaschine benutzt hätte. Dass ich noch nie in seinem Zimmer gewesen sei, antworte ich, was ich mit einer Sandwichmaschine anfangen solle, und er legt seine Hand auf meinen Hals und drückt ein wenig zu, so, dass mir der Zettel aus der Hand fällt. Was ich denn da hätte, fragt er mich mit einer Stimme, als gäbe er mir einen Kuss, und ich sage, dass ich es ja gar nicht mehr hätte, weil er es ja jetzt habe, und er wischt mir über das Gesicht. Dann schaut er auf den Zettel und grinst wieder. Was Schoko wohl sagen würde, fragt er sich selbst, aber laut, wenn sie wissen würde, dass du Spanner hier sitzt und sie beobachtest und ihre Brüste auch, und sie malst und mit dem Stift über ihre Brüste gehst. Dann schaut er mich an und fragt mich dasselbe, fragt, was ich denken würde, was sie denken würde, und ich bitte ihn, mir das Blatt zurückzugeben, und er sagt, dass ich jetzt lieber die Schnauze halten solle, und geht in Richtung des großen Tors und ruft.

* Ich höre nicht zu und halte Ausschau nach dem Bohlender, der hoffentlich bald hier sein wird, um zu sehen, dass ich nicht Gitarre spielen kann.

Dann ist alles so, wie ich es in einem Western gesehen habe, nur mit Ziegen statt den Pferden: Heinz kommt

mit Lukash von der einen Seite, beide hauen ihre Fäuste in die flache Hand, von der anderen Seite kommt, für die Situation zu behäbig, wie ich finde, der Bohlender. So unauffällig wie möglich versuche ich, seitwärts dem Bohlender ein paar Schritte entgegenzukommen. Eine Ziege meckert, das höre ich.
Ich grinse und gehe an die Seite vom Bohlender. Eigentlich grinse ich nicht, aber ich würde gerne grinsen und auch eine Grimasse schneiden. Grinsen, Grimassen schneiden und Grimassen wischen liegt sehr nah beieinander.

* Der Bandbunker stinkt. Aber darum geht es nicht, glaube ich. Der Bohlender schließt die Gitarre an einen Verstärker an und beginnt, Regler zu drehen. Spätestens jetzt sollte ich wohl sagen, dass ich in Wirklichkeit gar nicht Gitarre spielen kann. Gleich wird er es hören.

* Kai wartet mit zwei Spaten und einer großen Flasche Wasser am Waldrand hinter dem Schloss.
Wir laufen durch den Wald, diesmal nur etwa fünf Minuten. Kai bleibt stehen, von unserer Kuhle ist nichts mehr zu sehen. Zwar sieht die Stelle derjenigen, an der wir die Kuhle gegraben haben, recht ähnlich, aber ich bin mir

nicht sicher. Kai malt mit der Spatenspitze einen Kreis in die Lichtung und stützt sich dann auf den Spatenstiel, erschöpft, als hätte er bereits einen wichtigen Teil der Arbeit getan. Dann graben wir. Erst stumm, bis Kai anfängt zu sprechen:
»Ich weiß, was du denkst.« Ich bin verblüfft. »Du denkst an zu Hause. Du denkst, hier liegen die Fische mit dem Bauch nach oben im Schwimmbecken. Und du hast recht, nehme ich an. Du denkst, hier ist nichts. Aber da hast du unrecht.«

* Kai weiß nicht genau, was ich denke. Als er sagte, dass er wisse, was ich denke, da dachte ich gerade an das Echo im Wald. Aber direkt nachdem er sagte, dass er wisse, was ich denke, und dass ich an zu Hause denke, habe ich an zu Hause gedacht.

* Morgen Abend ist ein Anlass mit einer dicken Frau. Sie sitzt schon beim Abendbrot an unserem Tisch. Also nicht an unserem Tisch, sondern am Tisch der Gumtau-Familie. Die sitzen ganz in der Mitte, was kein Wunder ist, weil Herr Gumtau, der Familienvater der Gumtau-Familie, auch der Schulleiter ist. Die dicke Frau sitze sicher auf

zwei Stühlen, sagt Heinz, und der Bohlender schaut ihn böse an. Ich finde es unfair, dass der Bohlender Heinz und Lukash und Schoko und Vanessa immer nur anschaut, Kai, mir und dem Illing aber über den Kopf wischt. Vielleicht macht er das, weil die zu weit weg sitzen. Ich glaube aber, er täte es auch nicht, wenn er direkt neben Heinz stehen würde. Ich werde das mit Kai besprechen, wenn wir das nächste Mal graben.

* Ich bin in der Band! Nach dem Vorspielen war ich mir sicher, dass der Bohlender sich jemand anderen suchen würde. Aber er hat etwas schief geguckt, nachdenklich durch die Nase geflötet und gesagt, er müsse sich das noch einmal überlegen. Heute Morgen weckt mich der Bohlender und fragt, ob ich auch üben würde, wenn er mich in die Band aufnehme. Ob ich jeden Tag ein bisschen üben würde. So mit Schlaf in den Augen, noch unter der Decke, nicke ich so heftig, wie es geht. Dass ich dann zum Frühstück gehen solle, sagt der Bohlender, und nach der Schule solle ich in den Bandbunker kommen, dann werde er mir meine erste Stunde geben. Ob das nicht zur ›Ich-Zeit‹ sei, frage ich. Wenn ich es nicht ernst meine mit dem Gitarre-Spielen, können wir es auch sein lassen, sagt der Bohlender, so, als sei es ihm egal, was ich tun würde. Dass ich es sehr ernst nehmen würde, das Spielen,

versichere ich dem Bohlender, und überlege, ob das geht. Der Bohlender hat eine Menge Haare in den Ohren.

* Jetzt sitzt die dicke Frau beim Abendbrot, isst und hört Herrn Gumtau zu, der anscheinend viel zu sagen hat. Vorher lief die Frau über das Gelände und schaute sich Bäume an. Von Zeit zu Zeit hat sie ein Notizbuch herausgeholt und etwas hineingeschrieben. Kai ist dann zu mir gekommen und hat erzählt, dass sie einem etwas sagt, wenn man an ihr vorbeigeht. Er sei eben an ihr vorbeigegangen und sie habe ihm einen Vogel gezeigt. Ich musste lachen, weil ich dachte, er meine einen Vogel im Kopf, mit dem Zeigefinger, wie ein Specht. Aber Kai, der da auch ein wenig gelacht hatte, vermutlich weil es ihm da auch aufgefallen war, dass man normalerweise auf diese Weise einen Vogel zeigt, sagte, sie habe ihm einen Vogel in der Kiefer gezeigt. Er habe also an ihr vorbeigehen wollen, doch sie habe ihm den Weg versperrt. Dann habe sie in den Wald gezeigt und behauptet, dass dort eine Bachstelze sei. Er, Kai, der nichts habe sehen können, wollte weitergehen und die Frau habe ihn daraufhin festgehalten und habe ihm dann eben diesen anderen Vogel gezeigt, der in einer Kiefer auf Nahrung warten würde. Sie habe ihn dann noch gefragt, wie er heiße, was er gerne tue, wenn er alleine sei, und ob er schon wisse, was er machen wolle, wenn er erwachsen

sei. Kai antwortete nur auf die erste Frage, sagt er. Dann habe sie ihn endlich losgelassen und Kai habe weitergehen können. Er sei dann hoch auf sein Zimmer und habe sich einen Pullover angezogen, weil es zu kalt für ein T-Shirt gewesen sei, bis dahin alles ganz normal, behauptet Kai, aber ich finde es bereits seltsam. Kai habe zum Schlagzeug-Spielen in den Bandbunker gehen wollen und sei schon wieder an der Frau vorbeigekommen. Ohne groß darauf zu achten, habe Kai sich der Frau genähert und diese habe ihm wieder den Weg verstellt. Dass dort, unweit, eine Amsel singen würde, und sie habe wieder in das Dickicht gezeigt, ohne dass etwas zu sehen gewesen sei. Hören habe er diese aber können. Dann habe sie ihn gefragt, wie er denn heiße, was ihm gefalle im Leben und worüber er kurz vor dem Einschlafen nachdächte.

* Kai habe sie dann von unten her angeschaut, und er zeigt mir, wie er sie angeschaut hat, und habe ein oder zweimal den Mund geöffnet und wieder geschlossen, habe dann gesagt, dass er es sei, Kai, sie-wis-se-schon, und sie habe genickt, ach-ja-rich-tig gesagt; aber Kai behauptet, sie habe nicht nach ach-ja-rich-tig ausgesehen. Er sagt, los, ich solle es auch einmal probieren, und ich gehe die Straße hinunter und pfeife, bis mir die Lippen etwas wehtun und ich die dicke Frau sehe.

* Die dicke Frau tritt einen Schritt aus dem Wald heraus und stellt sich mir in den Weg. Dass sie Frau Ehrlich heiße, sagt sie und fragt mich, wie ich denn heiße, wartet aber nicht auf meine Antwort. Dann zeigt sie in die Luft, auf einen Vogel. Ob ich den Vogel dort oben sehen würde, fragt Frau Ehrlich, den mit dem eingeschnittenen Schwanz. Ich möchte sagen, dass ich ihn sehe, aber sie wartet wieder nicht auf meine Antwort und fährt fort. Ein Mauersegler, sagt sie, prächtig sei das, ein Mauersegler. Mir wird etwas unwohl und ich möchte weitergehen, aber Frau Ehrlich hält mich am Arm fest und schaut dabei weiter in die Luft und sagt, dass der Mauersegler ein besonderer Vogel sei. Weil er in der Luft schlafen könne. Wenn die Vogeljungen schlüpfen, fangen sie bald an zu fliegen und landen für drei Jahre nicht mehr. Jetzt bleibe ich freiwillig stehen und muss zugeben, vor mir selbst, dass ich begeistert bin. Aber Frau Ehrlich ist fertig mit Reden und lässt mich los. Als Kai fragt, wie es war, kann ich nicht antworten.

* Beim Anlass (Kleiderstufe 2) erzählt die Frau noch mehr über Vögel, aber nichts vom Mauersegler. Etwas langweilig, das alles. Und ich kann auch nur schwer zuhören, weil mich der Mauersegler beschäftigt.
Am Ende schenkt sie uns allen ein Notizbuch.

Ich sage, dass ich schon eins habe, bekomme aber trotzdem eins.
Dass das blöd sei, hat Lukash gesagt, und ich habe auch gefunden, dass das blöd ist. Und Lukash und Heinz haben ihre Notizbücher weggeschmissen und alle gefragt, ob sie ihre Bücher auch schon weggeschmissen hätten. Dass ich meines auch schon längst weggeschmissen hätte, log ich, und habe später gesehen, dass Lukash seines wieder aus dem Papierkorb holte, als er mich nicht sah.
Noch später notierte ich: Feudalherrschaft. Mein erstes langes Wort, lang und schön.

* In der Nacht gehen Kai und ich auf Socken über die knarrenden Dielen zur Treppe, die Treppe hinunter, ziehen uns die Schuhe an, laufen gebückt zum Schuppen, holen von dort die Spaten und gehen schweigend durch den Wald. Am Loch rauchen wir, bevor wir graben. Kai wirft mit Schwung eine Schaufel Dreck über den Rand, hinaus in den Wald und singt:
»Dreck von den Seiten
hinaus aus der Welt didumm
ein Stern wird uns leiten
am Hang leuchtet ein Zelt
von unten schlagen die Flammen
von ohhoohhhoooben fällt die unendliche

Weite auf unsere schalen Gedanken … «
»Von wem ist das?« frage ich ihn.
Kai singt weiter und wirft eine Schaufel Dreck über den Rand, hinaus in den Wald.

* Ich übe kurz Gitarrespielen, bin aber abgelenkt von einem Mauersegler, der vor meinem Fenster schwirrt. D-Moll, das sieht aus, wie ein schlafender Mauersegler klingt. Danach kann ich vermutlich besser Gitarre spielen, vielleicht aber auch nicht.

* Sandwichmaschinen sind verboten. Heinz, das weiß jeder, hat eine Sandwichmaschine. Sie ist so groß, und ich habe sie nur ein einziges Mal gesehen, dass ich mir nicht vorstellen kann, wo sie in Heinz' Zimmer versteckt sein könnte. Sie steht auf vier Rollen und geht mehr als eineinhalb Meter in die Höhe. An den Seiten sind Metallplatten angeschweißt, die während der Sandwichproduktion glühen, auch wenn die Maschine auf ›Kaltes Sandwich‹ eingestellt ist. Dafür gibt es einen Regler an der Hinterseite: Kaltes Sandwich, Warmes Sandwich, Heißes Sandwich.
Obenauf, und ich müsste mich auf die Zehenspitzen stellen, um dort hinzukommen, dürfte ich die Maschine

überhaupt bedienen, ist ein Plastiktrichter, in den man die Zutaten hineinwerfen kann, die Reihenfolge scheint dabei unwichtig zu sein. Etwa auf halber Höhe, an der Vorderseite, befindet sich der Schinkeneinzug, der dünne bis mitteldicke Scheiben Wurst erst in die Maschine und dann in die Sandwiches zieht.

An der Seite klebt ein Warnhinweis.

* Ein blauer Brief ist nicht blau, sondern weiß, so wie alle Briefe. Jürgen hat mir grinsend erzählt, er, der Brief, heiße »Blauer Brief« wegen Heinz. Niemand habe je so viele blaue Briefe bekommen wie Heinz, eigentlich fliege man beim zweiten. Bevor Heinz die Briefe bekam, hätten sie einfach Abmahnungen geheißen. Aber weil Heinz so viele bekommen habe, mit zu sich nach Hause, hießen sie jetzt eben »Blaue Briefe«. Jürgen macht ein trauriges Gesicht, obwohl er weiter grinst, ich musste zweimal hinschauen, um zu erkennen, dass er ein trauriges Gesicht macht. Warum Heinz denn nicht nach dem zweiten Brief geflogen sei, habe ich Jürgen gefragt, obwohl ich eigentlich wissen wollte, warum der Brief jetzt »Blauer Brief« heißt.

* Wenn wir nach Hause fahren, dann fahren wir in einem Bus zum Bahnhof und von dort nimmt jeder seinen Zug. Im Bus sitzen ganz vorne der Bohlender oder ein anderer Familienvater. In der Reihe dahinter sitzen der Illing und Jürgen, irgendwann Kai und ich. Ein paar Reihen dahinter liegen Electra und Moritz und knutschen. Ganz hinten sitzen immer Heinz, Lukash, Vanessa, Schoko und irgendwer, weil noch ein Platz frei ist. Kai durfte noch nie, ich schon zwei Mal, ganz hinten sitzen.

* Der Bohlender sagt, dass ich sehr talentiert sei, mit der Gitarre. Ein Mauersegler lenkt mich ab.
Ich werde in Zukunft weniger üben, obwohl ich bis jetzt auch nicht viel geübt habe (, wie der fliegt!)

* Für Svens Taufe ist Heinz zuständig. Heinz hatte die Taufe schon geplant, als Sven noch gar nicht angekommen war. Der Bohlender hatte uns am Vorabend zusammengerufen und verkündet, dass Sven kommen würde. Heinz verkündete dann, sobald der Bohlender weg war, dass er für die Taufe zuständig sei. Er kippt einen Eimer Wasser über das Bett von Sven, während Sven darin schläft. Dann wischt er mit einem eingerollten Handtuch nach Sven, dass es knallt.

Sven hat nach seiner Mutter gerufen, die nicht da war.

Dass Sven nach seiner Mutter gerufen hätte, dass Sven unter einem schweren Fall von Muttersöhnchenheit leiden würde, dass die beste Heilung gegen Muttersöhnchenheit immer noch ein Eimer Wasser im Bett sei, alles das verkündet Heinz danach.

Ich wurde auch schon getauft.

* In der Käthe bestelle ich einen Eisbecher mit Banane, Kai eine Cola.

Kai sagt, dass ein Eisbecher mit Banane keine gute Wahl sei. Er erklärt mir, dass die Banane an den Stellen, an denen sie mit dem Eis in Berührung käme, und dabei sei es völlig gleich, ob es Schoko-, Erdbeer- oder Vanilleeis sei, gefriere. Man habe dann nicht mehr eine gute, schlotzige Banane, sondern eine steinharte Frucht, die nach nichts schmecken würde. Er erklärt mir auch, dass Kirschen und Erdbeeren besser geeignet seien, weil sie auch sehr, sehr kalt noch nach Kirschen oder eben Erdbeeren schmecken würden. Dann hält er eine Gabel in die Luft und eine Serviette, um mir damit etwas anschaulich zu erklären. Ich kann aber nicht mehr richtig aufpassen, weil ich mit aller Kraft das Bedürfnis bekämpfen muss, ›schlotzige Banane‹ zu notieren. Weil es kein richtiges Wort ist. Es ist warm, es riecht nach meinem Geburtstag, der im Frühling ist.

* In einer Schulstunde bei Herrn Fleck machen wir Scherenschnitte. Ich weiß nicht, was Scherenschnitte mit Mathe zu tun haben. Ich mache einen Scherenschnitt von Electras Kopf auf einem Overheadprojektor. Electra legt ihren Kopf auf einen Overheadprojektor und ich zeichne mit Kreide an der Tafel.
Dass wir uns das einmal überlegen sollen, was das sei, eine NULL, eine EINS, oder eine 2. Ich konzentriere mich auf Electras Stirn, das Nasenbein, eine EINS, sagt Herr Fleck, das ist etwas, ob eine 2 mehr sei, das, ohohohoh, stehe mal noch aus, und ich zeichne zwischen Nase und Mund zwei Brüste, weil das ist, was ich sehe, aber NULL, das sei eben nicht, oder DAS Nichts! Na, fragt er zu Kai, Kai? Kai lacht. Außer Kai erkennt keiner die Brüste.

* Was Kai mir in der Käthe erklärt hatte, mit Gabel und Serviette, hat er mir noch einmal ohne Gabel und Serviette erklärt.
Kai geht davon aus, dass zwei, die zusammen graben, die Gedanken des anderen zu jeder Zeit wissen können.
Kai sagt, man --- wisse --- den anderen.
Er hat auch gesagt, dass eine kalte Banane nichts von sich --- wisse --- eine schlotzige Banane aber --- wisse --- sich.
Das mit der Banane habe ich nicht verstanden. Kai zu wissen, das probiere ich nach dem Aufstehen aus:

Kai wacht auf.
Kai putzt sich die Zähne.
Ich treffe Kai im Bad.
Ich bin zwar nicht überzeugt, bin aber bereit, zu üben, Kai zu wissen.

* Der Käse hat dunkelgelbe Ränder. Ich beiße in das Weißbrot und spüre, wie der Bohlender mich über den Tisch anschaut. Es ist gar nicht so einfach, bei der Lautstärke im Essenssaal Blicke zu spüren. Ohne aufzuschauen, sage ich ihm einen guten Tag und der Bohlender holt alle Luft in seinen Körper, durch die Nase holt er sie, mit einem Flöten, und fragt, ob ich denn ausgeschlafen habe und ob es mir, und da nennt er mich den werten Herrn, ob es also mir, dem werten Herrn, der ich sei, genehm wäre, mit ihnen zu speisen, und ob ich nicht vielleicht noch ein wenig weiterschlafen wolle, er würde dann für mich die Schule besuchen. Jetzt schaue ich doch auf und kneife die Augen bis zur Hälfte. Dass ich es eigentlich tatsächlich schön fände, sage ich, aber dann wird sein Gesicht böse und seine Nase flötet wieder. Dann wird an die Glocke geschlagen. Lukash, Moritz und Heinz stehen auf, um die Dienste anzusagen. Der Bohlender dreht sich weg von mir.
»Die Ziegen machen: Werner Kothing und der Illing«, sagt Moritz, ich schließe meine Augen, als könne das noch

verhindern, dass mein Name auf dem Zettel steht, von dem Heinz abliest, »Den Tagesdienst Garten machen: Sven Vettel und Kim Rethel«, sagt Lukash. »Den Tagesdienst Küche macht: … « Und ich höre auf zuzuhören.

* Dass den Küchendienst jeder machen müsse, hat Heinz gesagt, aber die einen eben öfter als die anderen. Dann hat er gegrinst, aber ich wusste schon vorher, zu welchen der beiden ich gehöre.
Der Jocke schreit den Salat an, er schreit die Teller an und alles andere. Ich spritze mit dem Schlauch Bratensoße von einhundertvierundzwanzig benutzten Tellern. Margrit tut einen Schlag dunkelbraunen Pudding in einhundertvierundzwanzig zerkratzte Glasschüsselchen, sofort bildet sich eine Haut auf der Oberfläche. Jocke wirft mit einem Stück Brot nach mir und schreit, dass ich arbeiten solle und dass er so etwas auch noch nie erlebt habe, und ob ich denn noch etwas essen wolle, denn dann solle ich lieber arbeiten, weil vorher gebe er mir ganz sicher kein Essen. Margrit zwinkert mir zu. Sie füllt auf die bereits harte Haut eines Puddings noch einen Schlag und stellt ihn, für mich, unter die Arbeitsfläche. Der Jocke leckt sich die Handflächen und rührt in der Salatwanne. Ich mag keinen Pudding.

* Satan schrubbt im Ziegengehege. Lukash und Heinz sitzen auf dem Zaun und werfen rohe Bohnen vor die Ziegen. Die Ziegen essen brav die Bohnen, Satan schrubbt brav im Gehege, die Ziegen scheißen brav, und Lukash und Heinz teilen sich eine Zigarette, die Lukash in der Hand versteckt. Ich denke, dass Satans Bewegungen kraftlos sind.

* Schoko hat einen langen Stock. Wenn wir im Bus zum Bahnhof sitzen, gibt Schoko den Stock an Lukash, und der stößt ihn Kai und mir in den Nacken.
Immer und immer wieder.
Kai und ich haben darüber nachgedacht, was wir tun könnten, aber uns ist nichts eingefallen.

* Kai und ich gehen zur Käthe, wenn die anderen nicht gehen. Es gibt noch zwei Kneipen im Dorf, aber nur Käthe gibt uns Kalte Muschi. Kai und ich sitzen an einem Tisch, der gleich am Ausgang ist, und diskutieren unser weiteres Vorgehen.
Wir essen Bratwurst mit Zwiebeln und trinken Kalte Muschi. Weil ich kein Geld habe, zahlt Kai. Er bekommt immer etwas von seiner Oma, die reich sein muss. Kais

Mutter ist seine Oma. Ich glaube, er hat sie gern gehabt, und ich habe ihm einmal gesagt, ich glaube, er habe seine Großmutter sehr gern. Eigentlich habe ich ihn gefragt, ob er denn in seine Oma verliebt sei, so gern, wie er sie habe, aber das hätte ich lieber nicht fragen sollen. Er ging mir ein wenig auf die Nerven mit seiner Oma. Alles, was seine Oma gemacht hatte, war ihm, Kai, Toastbrot mit Kräuterbutter zu bestreichen. Dann habe er ihre Zigaretten versteckt, weil sie immer gehustet habe, und den Fernseher eingeschaltet. Dann sei sie wieder zurück ins Wohnzimmer gekommen, in der Hand einen Teller mit Kräuterbutter-Toast, und habe gefragt, wo denn ihre Zigaretten seien. Einmal hatte er ihr zweitausend in vier großen Scheinen geklaut, die wir in einer Stunde und vierzig Minuten ausgaben. Wofür, das weiß ich nicht mehr.
Nachdem das rausgekommen war, und ich habe keine Ahnung, wie das rauskam, hat er nie wieder von seiner Oma gesprochen. Er sehe sie selten, obwohl er einmal bei ihr gewohnt habe.
Ich finde das nicht besonders gut, nur Kräuterbutter. Zugegeben, es ist nicht möglich, im Dorf oder im Schloss ein Toastbrot mit Kräuterbutter zu bekommen, was erklärt, warum Kai so gerne zu seiner Oma fuhr. Später, beim Hochlaufen zum Schloss, fällt mir auf, dass das kein Grund ist, nicht mehr von jemandem zu sprechen.

* Kai hat keine Mutter. Julia hat eine Mutter. Lukash und Vanessa haben einen Vater und eine Mutter. Der Satan hat keine Mutter, Heinz hat keine Mutter, Electra hat keine Mutter, Moritz hat eine Mutter, Schoko hat eine Mutter. Der Bohlender hat zwei Töchter, Vera hat das Jugendamt, Sven hat ganz sicher eine Mutter, was die anderen haben, weiß ich nicht.

* Ich frage Sven, ob es stimmt, dass er nach seiner Mutter gerufen habe, ob er tatsächlich ein Muttersöhnchen sei. Und dann habe ich ein Kussgeräusch gemacht.
Sven sagt, dass er seine Mutter sehr gern habe, ob ich meine Mutter nicht auch gern habe.
Das werde ich Heinz erzählen. Das ist nicht richtig, aber ich werde es ihm erzählen.

* Auf dem Parkplatz steigt meine Mutter aus dem kleinen weißen Honda, sehr umständlich, und wie immer hat sie etwas im Auto vergessen. Durch mein Zimmerfenster kann ich sie nicht hören, aber ich glaube, sie sagt Mist, ganz sicher sagt sie Mist. Sie öffnet die Fahrertür und greift nach ihrer Handtasche auf dem Beifahrersitz. »Beifahrersitz« murmele ich gegen die Scheibe. Meine

Mutter steht im Hof vor dem Parkplatz und schaut in alle Richtungen. Nach links hinunter zum Nebenhaus, nach oben zum Schloss, aber vorbei an meinem Fenster. Dann nach hinten zum Parkplatz, sie wirft zweimal mutlos die Arme in die Luft und macht ein paar Schritte zum Auto zurück. Ich höre, wie neben mir das Fenster geöffnet wird, und der Bohlender ruft, dass wir hier seien und dass sie doch nicht gleich wieder zu fahren brauche. Er lacht, vermutlich weil er weiß, dass sie nicht gleich wieder fahren will, und meine Mutter lächelt zurück, als ob sie nie vorgehabt hätte, gleich wieder zu fahren. Es klopft, und ich rufe ›Ja‹ gegen die Tür. Der Bohlender sagt, dass meine Mutter unten warte, und dass ich doch gleich runtergehen solle, und was wir denn machen würden, ich und meine Mutter, am Elterntag, und dass ich doch nicht so schauen solle, als ob seit sieben Wochen keine Sonne mehr geschienen hätte, und was ich denn jetzt machen würde, mit meiner reizenden Mutter. Zum Griechen, antworte ich, dass ich zum Griechen gehen würde mit meiner reizenden Mutter. Dass ich jetzt aber mal machen solle, bemerkt der Bohlender unfreundlicher, dass meine Mutter doch warte, und dass er so was doch eigentlich nur vom Illing kenne. Ob ich denn so sein möchte wie der Illing, fragt er, aber er weiß schon, dass ich nicht so sein möchte wie der Illing. Ich überlege, ob ich mir noch die Zeit nehmen soll, eine Mütze auszusuchen, lasse es dann aber. Die Treppe knarrt, das alte Holz, und meine Mutter fragt, wo ich denn so lange gewesen sei. Beinahe hätte ich geantwortet: im Internat.

* Als ich noch klein war, hat meine Mutter den Fernseher so eingestellt, dass mit ihm ausschließlich die ›Öffentlich-Rechtlichen‹ geschaut werden konnten. Es hat nur zwei Tage gedauert, bis ich herausgefunden habe, wie auch die anderen Sender zu empfangen sind. Es hat dann drei Tage gedauert, bis meine Mutter herausgefunden hat, dass ich auch die anderen Sender schauen kann. Sie hat dann den Stromstecker in eine Geldkassette eingeschlossen, so, dass das Kabel an der Seite heraushing. Es hat dann noch etwa eine Woche gedauert, bis ich den Schlüssel für die Kassette gefunden hatte. Eine Woche ist ziemlich lang, wenn man bedenkt, dass sie den Schlüssel an derselben Stelle wie die Weihnachtsgeschenke versteckt hatte. Es hat dann nur drei Tage gedauert, bis sie gemerkt hat, dass ich weiter schaute, indem sie die Temperatur des Fernsehers überprüfte. Sie hat dann eine Schere genommen und den Stromstecker abgeschnitten. Es hat wieder eine Woche gedauert, bis ich im Warenhaus einen neuen Stecker gestohlen und ihn an das Kabel montiert habe. Als ich den Stecker in die Steckdose steckte, habe ich einen Stromschlag bekommen, so, dass ich ins Krankenhaus musste.

* Ob ich denn gar nichts zu erzählen hätte, fragt meine Mutter, so sei ich doch sonst nicht. Ich spieße etwas Gyros auf meine Gabel, zwei Pommes Frites, kauend schaue ich auf den Teller. Wie es denn so sei, bei dem Bohlender, wie das Essen sei, wie der Bohlender sei. Ich spieße etwas Gyros auf meine Gabel, zwei Pommes Frites, kauend schaue ich auf den Teller. Ob der Bohlender denn so nett sei, wie er aussehe, fragt meine Mutter, und ob ich Frau Bohlender, wenn es denn eine Frau Bohlender überhaupt geben würde, auch schon einmal kennengelernt habe. Sie lacht, ich spieße ein wenig Gyros auf die Gabel, zwei Pommes Frites, kauend schaue ich auf den Teller. Sie habe endlich die Rostflecken am Honda lackieren lassen, erzählt sie, und wie sie bei jedem Kilometer hierher Angst hatte, auf der Strecke liegenzubleiben, und dass sie drei Mal beinahe eingeschlafen wäre. Ich spieße etwas Gyros auf und tunke es in die Joghurtsoße, ein Kellner bringt eine kleine Karaffe Wein und ein Glas Spezi. Leise sage ich das Wort ›tunke‹ drei Mal. Frau Titgen von unten, ob ich denn noch wisse, die alte Frau, die nie aufhören könne zu reden, Frau Titgen eben habe ihr erzählt, dass sie das Haus nicht mehr verlassen wolle, weil sie Angst habe, dass man sie sonst nicht mehr hereinlassen würde. Das sei doch verrückt, bemerkt sie und wirft mir einen Blick zu. Und wie es denn eigentlich mit meinem Kumpel laufen würde, wie der denn nochmal geheißen habe, ob er nicht Karl geheißen habe, oder

Konrad? Nein, sagt sie, genau, Kai, ob wir uns denn immer noch so gut verstehen würden. Ich rutsche mit der Gabel auf dem leeren Teller aus und steche mir in den Finger.
An Frau Titgen kann ich mich nicht erinnern, an zwei Blumentöpfe aus Aluminium, an ein Handgeländer aus Holz, aber nicht an Frau Titgen.

* *Was ich weiß, was Kai macht*:

Kai schlägt Teig im Küchendienst.
Kai schabt den Teig über einen Spätzle-Hobel.
Kai sieht in Salatschüsseln, Abflussrohre, spröde Fugen zwischen den Kacheln.
Kai lässt die Teller in der Spülmaschine, eine Minute zu lang.
Kai wird dafür vom Jocke getadelt.
Kai versteht nicht, was das Problem ist.
Ich verstehe es auch nicht, wäre ich in der Nähe, ich würde in die Küche laufen, um ihn zu verteidigen!

Ich bin ziemlich gut darin geworden, Kai zu wissen.

* Ich sitze im Büro von Herrn Gumtau. Er sitzt mir gegenüber, beide sitzen wir an seinem Schreibtisch. Er bietet mir Eiskonfekt an, ich nehme es und behalte es vorerst in der Hand. Er habe mit meiner Mutter gesprochen, fängt er an, und sie seien sich einig, dass es mir nicht gut gehe. Ich durchschaue den Trick mit der Schokolade, aber ich möchte auch Schokolade und ich beiße ein Stück ab, von dem kleinen Stück Eiskonfekt. Sofort bietet mir der Gumtau ein neues Stück an, das lehne ich ab. Ich sei ein sehr kluger Junge, deshalb sei es besonders traurig, wenn ich in der Schule so schlecht sei, fährt er fort, und ich denke, dass ich das Spiel mit dem Eiskonfekt gewonnen habe. Es sei nicht unbedingt meine Schuld, sagt er, und dass in meinem Kopf die Chemie nicht stimme, was schlicht gemein ist. Physik ist zwar mein stärkstes Fach, Chemie kommt aber an zweiter Stelle, in der letzten Arbeit hatte ich eine Zweiminus.

* Frau Glimeroth fährt mit mir zum Einkaufen in die Stadt. Ich weiß nicht genau, wie viel Geld ich ausgeben darf, für Kleidung, also probiere ich viel an. Ein grüner Pullover aus gutem Stoff gefällt Frau Glimeroth nicht, ein Leinenhemd gefällt Frau Glimeroth nicht, eine Jeans gefällt ihr, eine andere mit einem Schriftzug gefällt ihr nicht. Ein Hemd mit einem gestickten Polospieler auf der Brust

gefällt ihr nicht, ein anderes, das mir zu klein ist, findet sie gut. Einen Kaschmirpullunder redet sie mir aus, dass mir so was einfach nicht stehen würde, sagt sie, ich solle lieber diesen Pullunder anprobieren, oder diesen, fast ganz aus Baumwolle, das sei auch besser für die Haut, sagt sie, und die Farbe stehe mir eben besser, und ich entgegne, dass die anderen aus meiner Klasse vermutlich eher nicht finden, dass mir diese Farbe stehen würde, aber sie erwidert, dass ich doch wohl wisse, dass es völlig egal sei, was die anderen sagen würden.

* Moritz erklärt mir, wie er es macht. Man müsse es mit kreisenden Bewegungen machen, immer so im Kreis, dann lässt er sein Becken kreisen. So, sagt er, etwa so. Und beim Küssen müsse ein Mittelweg gefunden werden, zwischen ihr und mir müsse man den finden. Wer sie denn sein könnte, frage ich, ganz beiläufig frage ich das. Moritz schaut mich kurz an, dann sagt er, dass man beim Küssen nicht zu sehr saugen dürfe, auch wenn man das gerne möchte. Zurückhaltung, sagt er und schiebt mit ernster Miene seine Hand am Gesicht vorbei, das sei auf lange Sicht gut. Und hier, hinter dem Ohr, da könne man so ganz leicht über der Haut entlangstreichen, mit dem Zeigefinger oder dem Ringfinger, auf keinen Fall aber mit dem Mittelfinger oder gar

mit dem Daumen. So lange habe ich noch nie mit Moritz gesprochen.

* Am Familienabend fahren wir zur Kegelbahn. Lukash, Heinz, Vera und natürlich der Bohlender dürfen alles bestellen, Schoko und Sven nur Bier. Ich und Kai dürfen, wie alle anderen, gar nichts, was eine Cola ist.
Der Bohlender räumt, in der ersten halben Stunde, immer alle Kegel ab und trinkt die Biere, die automatisch kommen. In der zweiten halben Stunde ist er nicht mehr so gut, Lukash und Heinz lachen dann, danach spielt der Bohlender nicht mehr.
Wir sitzen an einer langen Holzbank, alle an einer, und ich stoße mit Schoko und Lukash an, Vera mit Schoko, der Illing mit Lukash und der Bohlender mit Kai. Irgendwann erzählen Lukash und der Bohlender Geschichten von damals, als Lukash noch in der Fünften war. Jeden Mittwoch ist Familienabend.

* Die Haut von Satan ist elastisch. Weiß und elastisch. Es stört ihn nicht, wenn man an seiner Haut zieht, um zu sehen, wie elastisch sie ist. Zumindest beschwert er sich nicht. Zugegeben: Satan sagt auch sonst nicht viel.

* Das obere Geschoss im Schloss: die Bohlender-Familie. Ein Wischen durchs Gesicht zum Aufwachen. Duschen, sagt Schoko, du stinkst die ganze Zeit. Was das denn solle, sage ich ins Kissen, dass sie mich doch lassen solle, ich sei doch noch nicht einmal … und noch ein Wischen. Dass es gut sei, sage ich mit ruhiger Stimme, und dass ich ja schon gehen würde. Zwischen den Beinen solle ich mich auch waschen, ruft sie, und Lukash, der vielleicht schon die ganze Zeit in der Tür steht, grinst. Da sei sicher nichts, zwischen meinen Beinen, sage ich in Lukashs Gesicht. So ginge das, hatte Frau Glimeroth gesagt, ich müsse ihnen den Wind aus den Segeln nehmen, hatte sie gesagt, ihnen zuvorkommen. Hahahaha macht Lukash, Hahahahahahahahahahahahaha

* Nachdem ich aufgestanden bin, gehe ich hinunter zum Bandbunker. Ich habe noch keinen Schlüssel, der Bohlender hat gesagt, den bekäme ich erst, wenn ich bewiesen hätte, dass ich üben würde. Wie ich üben solle, habe ich gefragt, und dann hat mir der Bohlender einfach so eine Gitarre geschenkt, was ich nett finde. Ich nehme mir aber vor, Geschenke zukünftig mit Vorsicht anzunehmen. Ich kann mittlerweile mehrere Akkorde und ein Lied. Ich weiß nicht, wie das Lied heißt. Beim Schlurfen, das sagt der Bohlender, ich würde ›schlurfen‹ und ich solle

die Füße beim Gehen heben, bemerke ich, dass mein Plan der Anlage nicht korrekt ist, was mich verwirrt. Ich habe sicher gewissenhaft gezeichnet. Nach der Stunde mit dem Bohlender setze ich mich vor den Bunker und fertige einen neuen Plan mit den notwendigen Korrekturen an.

P

* Es gibt ein Spiel im Schloss, das ›Sklave und Herrscher‹ heißt. Mehr möchte ich dazu nicht sagen.

* Die Käthe hat ein Gesicht, das aussieht wie ein Schinken. Sie trägt immer sehr weite Blusen und hat einen roten Kopf. Eigentlich ist sie immer alleine in der Kneipe, die auch Käthe heißt. Manchmal aber ist ihr Mann da, vermutlich also Herr Käthe. Vielleicht heißt er aber auch anders. Obwohl er genau wie die anderen Gäste an der Bar sitzt, trinkt, redet und brüllt wie die anderen, verhält er sich doch anders. Er bestellt sein Bier nicht, sondern zapft über den Tresen, wobei man einen Teil seines nackten Hinterns sehen kann, aber das machen die anderen auch. Er sagt zur Käthe, dass sie aussehe, als wäre sie bald reif, aber das sagen die anderen auch. Er zieht beim Aufstehen den Gürtel über den Bauch wie die anderen, er schlägt ab 18 Uhr auf den Tisch, wenn er reden möchte, er trinkt zu jedem dritten Bier einen Schnaps, er reißt die Filter seiner Zigaretten ab, er fasst der Käthe an den großen Busen, und doch tut er all das ein wenig anders als die anderen.

* Heinz trinkt eine Kalte Muschi und schaut Schoko an.
Lukash trinkt eine Kalte Muschi und schaut Schoko an.
Ich sitze mit Kai an einem Tisch auf der anderen Seite der Käthe, gleich beim Ausgang.
Dann trinkt Heinz eine Kalte Muschi.
Dann trinkt Lukash eine Kalte Muschi.

Dann bestellt Schoko ein paar neue Runden.
Dann trinkt Lukash eine Kalte Muschi.
Dann trinkt Heinz eine Kalte Muschi, Lukash trinkt eine, Heinz trinkt eine, Lukash trinkt eine.
Dann geht Schoko. Und im selben Moment, in dem die Tür sich hinter ihr schließt, holt Lukash aus, will Heinz ins Gesicht wischen, wischt aber daneben.
Kai und ich essen zusammen Pommes Frites, was viel Aufmerksamkeit erfordert. Ständig muss berechnet werden, was die Hälfte ist. Trotzdem sehe ich durch das Buntglasfenster der Tür Schoko, die sich eine Zigarette anzündet.

* Kai und ich sind schon ziemlich tief. Obwohl wir nur eine Stunde am Tag graben und selbst diese Stunde manchmal im Loch sitzen und rauchen, sind wir schon tief.
Die Stelle ist gut, man muss sehr nah dran sein, um sie zu sehen. Aber niemand kommt, bis jetzt. Nie. Mit den Händen gruben wir nur das erste Mal, jetzt bringen wir jeder einen Spaten aus dem Schuppen mit. Erst kamen wir mit gegenseitiger Hilfe immer gut wieder aus dem Loch. Weil aber die Erde, die da gewesen ist, wo nun Loch ist, sich am Rand des Lochs hoch auftürmt, ist das Loch doppelt so hoch, wie es tief ist, und wir kommen nicht mehr so einfach hinaus. Eine Holzleiter aus dem Keller im Nebenhaus war nach drei Tagen zu kurz und deshalb

fingen wir an, Treppenstufen in das Loch aufzuschütten. Wir sind wirklich schon sehr tief dafür, dass wir nur eine Stunde am Tag graben.
Kai fragt mich, ob ich auch die Hitze spüren würde, und ich antworte, dass es wirklich sehr heiß sei, und ich sage nicht, dass ich glaube, die Hitze komme eher von der Sonne und der Schweiß vom Graben. Vielleicht hat Kai nämlich recht, wenn er glaubt, dass die Hitze aus der Erde kommt. Also ich glaube, dass Kai das glaubt.
Es gibt verschiedene Schichten. Die erste aus trockener Erde, die man fast wegpusten konnte. Dann wurde die Erde feuchter und es kamen Kiesel und größere Steine, Wasser und Sand, wieder Steine und wieder Wasser und Sand. Immer wenn wir auf Wasser stoßen, warten wir auf den nächsten Tag und hoffen, dass es bis dahin wieder trocken ist, aber das Wasser ist meistens noch da, im Loch. Dann schöpfen wir das Wasser mit Eimern.
Im Moment graben wir durch feinen Sand.

* An den Fingerkuppen habe ich Hornhaut bekommen, von den rauen Saiten der Gitarre, an den Handflächen habe ich, was der Bohlender Schwielen nennt, von dem Spaten. Ich weiß einen Akkord, E-Moll, was ein Ton ist, den ich so schön finde wie seinen Namen, E-Moll. Ich notiere ihn: »Dhmmmmmmm«.

Der Bohlender hat mir noch das D-Moll/Dur gezeigt, das A-Moll/Dur, C, C 7, F, was schwierig ist, und G-Dur 7. Ich kann sie alle spielen, außer das F, aber verstehen tue ich sie nicht. Ich kann acht Akkorde. Ich --- weiß --- nur das E-Moll.

* Auf der Wiese vor dem Bandbunker liegen Electra und Moritz und knutschen. Ich schaue einen Moment zu, dann beschließe ich, dass es mich nichts angeht. Knutschen würde ich allerdings auch gern.

* Später fällt mir ein, dass Mauersegler über den Küssenden schwirrten, in weichen Kurven, unsteten Ziels, als flögen sie Linien von Nichts ab, im Rausch des Schlafens, das nur ein halbes Schlafen ist.
»Ahh«, rufe ich und schaue, ob mich jemand gesehen haben könnte. Es ist niemand zu sehen. Die Küssenden sind zu weit entfernt, um etwas zu hören, die Mauersegler sind weg.
Ich bin sehr erschrocken über die Beobachtung, weil ich nicht verstehe, was ich gerade beobachtet habe.
Dass ich nicht mehr darüber nachdenken werde, denke ich.

* Medikamente heißen hier ›diese‹, weiß ich schon. Sie zu nehmen, heißt nicht ›nehmen‹, sondern sie ›probieren‹. Kai probiert diese eine grüne und diese zwei weißen am Morgen. Am Abend probiert er diese halbe rote.
Satan probiert diese drei verschieden großen weißen, morgens, mittags, abends.
Der Illing probiert diese, immer nach dem Essen, durch eine Spritze in den Oberschenkel.
Heinz probiert diese, die rosafarben sind, immer wenn er wütend ist.
Ich habe den Illing gefragt, ob es nicht wehtun würde, mit der Nadel.
Er hat geantwortet, dass es wehtun würde, und dann habe ich mich dumm gefühlt.
Weil ich das nicht will, probiere ich meine, die weiß sind, nicht, und werfe sie nach dem Essen in den Mülleimer, der der Wald ist.

* Sieben Schritte von der Duschkabine zur Tür, zwölf zu meinem Zimmer, drei zum Schreibtisch und noch einen Moment, um den Schreibtisch vor die Tür zu schieben. Illing hat einen Schlüssel. Wegen des Diabetes sei das, hat der Bohlender gesagt. Wie es denn seinem Zuckerspiegel helfen würde, wenn er als einziger seine Tür abschließen könne, habe ich gefragt. Dazu hat der Bohlender nichts

mehr gesagt, nur geflötet, aber ich wusste schon, dass es nicht nur um den Diabetes ging.

* Der Bohlender sagt, dass wenn ich meine Sachen in Ordnung hielte, dann würde er sich das überlegen, mit dem Schlüssel. Dass ich keine Ahnung hätte, was er denn überhaupt damit meine, habe ich geantwortet, und dass ich auch recht empört sei, über seine Unterstellung, er solle mich doch fragen, wo etwas sei, in meinem Zimmer, zum Beispiel der Bleistiftspitzer, und er könne ruhig staunen, wie schnell ich so etwas Kleines wie etwa den Bleistiftspitzer finden würde. Flötend ging der Bohlender auf und ab, in meinem Zimmer, ich glaube, er suchte den Bleistiftspitzer. Dann hob er eines meiner Schulhefte auf, das, eher ungewöhnlich, auf dem Boden lag.

* Meine Tasche ist zu klein für die Hefte, oben haben sich die Ecken zu Dreiecken geknickt. Wie das denn aussehe, hat mich Herr Gumtau gefragt, ob es mir denn so überhaupt Spaß mache, mich am Abend an die Hausaufgaben zu setzen. Dass es mir eher keinen Spaß mache, sage ich, und dass ihm ja sicher auch aufgefallen sei, dass ich meistens keine Hausaufgaben gemacht habe, und er hat

gesagt, dass das ja wohl auch kein Wunder sei, und er hat gelächelt und dann, auf dem Weg zur Tafel, gefragt, was er denn nur mit mir machen solle. Und Julia hat gefragt, ob ich nicht einfach, ja, sie wisse ja auch nicht, aber eben verschwinden könne, weil ich doch auch irgendwie dumm sei. Und Herr Gumtau hat sich umgedreht und recht böse erwidert, dass ich das ganz sicher nicht sei. »Karopapierblüten«, sage ich laut und freue mich. Nicht das längste Wort, aber immerhin.

* *Was ich weiß, was Kai macht*:

Kai stiehlt ein Stück Plunder von gestern.
Kai schneidet den Plunder auf, mit einem Schweizer Taschenmesser.
Kai entfernt die Konfitüre.
Kai wirft den Blätterteig in Illings Zimmer.
Kai legt, weil Heinz im Wald ist und nicht in seinem Zimmer, die Konfitüre in das Bett von Heinz.
Kai überlegt, ob er beim Bohlender petzen soll, dass Heinz Konfitüre in seinem Bett lagert.
Kai entscheidet sich dagegen.
Kai überlegt noch eine Weile. Dann entfernt er die Konfitüre wieder, zieht das Bettlaken ab und bezieht das Bett neu.

Kai ist zwar zufrieden mit sich selbst, aber auch ein wenig traurig.

Ich bin, außer Kai, der Einzige, der von der Konfitüre weiß.

* Frau Glimeroth fragt mich, wie es mir gehe, ob ich Anschluss gefunden habe, ob mir die Schule gefalle.

Dass wir hier alle gleich seien, sagt sie, dass ich ihr ruhig alles erzählen könne, worüber ich froh bin.

Also frage ich Frau Glimeroth, wie es ihr gehe, ob sie einen Mann habe, ob sie häufig mit ihrem Mann schlafe und ob sie es auch so machen würde, und ich zeige ihr, was mir Moritz gezeigt hat.

Frau Glimeroth streicht sich nervös über die Hände. Weil sie kein ganzes Wort herausbekommt, mehr einzelne Laute, nehme ich an, dass ich ihr etwas Neues zeige, was ihr sicher unangenehm ist, weil sie so viel älter ist als ich. Dass das schon o.k. sei, sage ich ihr, dass ich es niemandem verraten werde. Dann nehme ich meinen Zeigefinger und möchte ihr so-hinter-dem-Ohr-machen, aber Frau Glimeroth greift mich am Handgelenk und hat plötzlich Schweiß auf der Stirn. Sie sagt, dass ich so etwas nicht machen solle, bei ihr jedenfalls nicht. Ich frage, ob man das nicht tut, unter Gleichen. Sie sagt, dass das schon irgendwie stimme, ich jetzt aber wieder in die Klasse gehen solle. Ich vergleiche mich mit Frau Glimeroth.

* Ich notiere: ›Wie der Spaten sich eingräbt, wie die feuchte Erde sich verschiebt‹, weil ich das sehe, wundere mich aber und verstehe weder, was ich notiert habe, noch, was ich gesehen habe.

* Seit gestern habe ich einen Schlüssel zum Bandbunker. Der Teppich ist alt und riecht etwas muffig, die Jacke vom Bohlender hängt noch über dem Stuhl, gestern nach der Probe ließ er sie dort. Ich nehme die rote Gitarre aus ihrer Halterung, stöpsle das Kabel in die Box und setze mich auf einen Stuhl. Ich bleibe noch einen Moment still sitzen, dann spiele ich ein A-Moll.

Im Raum scheppern die Töne ein wenig, das Becken vom Schlagzeug ist nicht festgestellt. C-Dur 7, das Licht schwingt von der Decke, wie ein segelndes Blatt sieht es aus. Ich rieche den kalten Rauch von Bohlenders Jacke, D-Dur. Bis zur Zeugnisübergabe sitzt das, hatte er gesagt, da bräuchten wir uns keine Sorgen zu machen. Worüber wir uns dann eher Gedanken machen sollten, wäre, wie wir mit all dem Applaus der Schüler und Lehrer und Eltern klarkommen würden, F-Dur, und dass sich die anderen ruhig ein Beispiel an mir nehmen könnten, worauf die anderen ein wenig skeptisch geschaut hatten, aber der Bohlender schob noch nach, und sagte: »An unserem größten Talent!« Daraufhin versuchte ich, skeptisch zu schauen, nehme aber an, dass es nicht gelang, A-Moll, »and its beeeeen, the ruin, of many aaaaaa poor girls«. Wir schwankten etwas müde nach draußen, ich als Vorletzter, der Bohlender hinter mir, draußen war wie ein Lied, fand ich. Seine Jacke ließ er über dem Stuhl hängen. E-Moll, »And god, I knohohhow I am one«.

* Was der Bohlender nicht gesagt hat, aber so ist:
Ein Anlass mit Klavier ist immer Kleiderstufe 3.
Ein Anlass mit Politikern ist immer 3.
Ein Anlass mit Frauen ist immer 2.
Ein Anlass mit Theater ist immer 2.
Ein Anlass mit Projektor ist immer 2.
Ein Anlass mit Kindern ist immer 3.
Einen Anlass mit Kleiderstufe 1 hat es noch nie gegeben.

* Was der Bohlender auch nicht gesagt hat:
Heinz kommt von den Heimfahrtwochenenden fast immer mit einem blauen Auge zurück. Jetzt verstehe ich zwar, weshalb der ›Blaue Brief‹ ›Blauer Brief‹ heißt, nicht aber, weshalb Heinz alle zwei Wochen, genau wie fast alle anderen, nach Hause fährt.

Es vergeht selten ein Tag, bis Heinz selbst ein blaues Auge wischt, in Jürgens Gesicht, in Illings Gesicht, in Kais oder in mein Gesicht. Heinz hat sehr lange Fußnägel.

* Auf Holzbrettchen kann man eine Brötchenhälfte hin und her schieben.
Das Geräusch, das aus der unteren Brötchenhälfte ein C-Dur ist, und aus der oberen Brötchenhälfte ein A-Moll, das kommt vom Brötchen.
Auf einem Teller macht das Brötchen kein Geräusch. Das Knirschen, höchstens noch ein Cis-Dur 7, kommt vom Teller.
Brötchen und Teller sind wie Luftmatratze und Finger oder wie Bohlenders Schnauzbart und seine Nase oder wie Asphalt und Knie.
Brötchen und Brett ist wie Brötchen.

* Jemand, und ich sage nicht, dass ich es war, obwohl ich es war, hat das letzte Stück Plunder genommen, hinter dem Schonfeld verschwindet gerade die Sonne.
Es gab noch ein Stück Plunder mit Aprikose und eines mit Rosinen. Wer das mit den Rosinen genommen hat, weiß ich nicht, das mit Aprikose habe ich genommen

und jetzt male ich Kreise auf den Boden, male mit den Füßen, die in weißen Socken stecken, auf die Holzdielen. Heinz nimmt nie Plunder, aber er ist trotzdem wütend, dass jemand das letzte Stück genommen hat. Sonst bleibt der Plunder immer übrig. Heinz atmet laut, ihm läuft etwas aus der Nase, dann fängt er an, seinen Kopf gegen die Wand zu reiben.
Dass er das immer so mache, sagt Kai leise, hrrruuuaarrr, sagt Heinz.

* Um einen Schlüssel für mein Zimmer zu bekommen, werde ich meine Sachen besser in Ordnung halten, oder ich werde einen anderen Weg gehen: Ich werde Jürgen auf meine Seite holen.
Obwohl Jürgen kein Gebäck mag, mag Jürgen Geschenke, auch wenn es Gebäck ist. Jeder mag Geschenke. Ich werde welches vom Tischchen im Flur nehmen, ein fettes Stück Plunder und eine Aprikosendecke, und sie Jürgen neben das Bett stellen. Dann werde ich in zwei oder drei Tagen ganz nebenbei fragen, ob er es nicht auch für eine gute Idee halten würde, wenn wir unseren eigenen Schlüssel für unser eigenes Zimmer haben würden. Er würde grinsen und sagen, dass ihm die Idee sehr gut gefällt. Dass er auch schon darüber nachgedacht hätte, obwohl er noch nie darüber nachgedacht hatte. Vielleicht hat er schon

darüber nachgedacht, aber ich glaube nicht. Dass er dem Bohlender einfach nur sagen müsse, dass Heinz nachts in unser Zimmer kommen würde, wie beim Illing, und ihm über den Kopf wischen würde. Dass das doch gelogen sei, würde Jürgen erwidern, echauffiert, aber grinsend, dass es aber gut sein könnte, würde ich sanft entgegnen, dass Heinz in unser Zimmer kommen würde, irgendwann, um uns über den Kopf zu wischen.

Ich bin sehr überzeugt von meinem Plan und lege noch einen Krapfen auf den Teller mit dem Gebäck. Ich stelle auch einen Becher mit kaltem Früchtetee dazu und ein Päckchen Zucker.

Danach setze ich mich auf mein Bett und notiere ›echauffiert‹, als der Bohlender in das Zimmer kommt und den Plunderteller sieht. In genau solchen Momenten wäre ein Schlüssel gut, denke ich. Der Bohlender sagt, dass der Jürgen doch kein Gebäck mag, dass ich das doch wissen würde, und dann schiebt er sich das ganze Plunderstück in den Mund. Von seinem Schnauzbart hängen Krumen vom Blätterteig. Mit vollem Mund spricht er weiter, dass, wenn ich meinen eigenen Schlüssel für mein eigenes Zimmer möchte, ich mir gefälligst etwas anderes einfallen lassen und den Jürgen da raushalten solle, und ich denke, der Bohlender, der weiß immer ziemlich gut Bescheid. Aber sagen tue ich, dass man nicht mit vollem Mund spricht. Der Bohlender murmelt in seinen Schnauzbart, dass ich nicht frech werden soll, nehme ich an, ich verstehe ihn nicht, aber jetzt ist er schon ganz schön freundlich. Ich glaube, er mag, dass er meinen Plan durchschaut hat. Zu Recht.

* *Was ich weiß, was Kai macht*
Kai erklärt Heinz die Welt.
Kai weicht einem Hieb von Heinz aus.
Kai versteht die Welt nicht mehr.

* Kai und ich nehmen Jürgens Stifte und malen eine Ankündigung auf die Rückseite der Aufgabenblätter von Herrn Fleck.
Wir malen, dass wir in der Band sind. Dass die Band spielen wird, schon sehr bald. Dass der Eintritt frei ist.
Ich benutze Veilchen, Cadmium, Feuerrot, Sorbet, Schwarz und Haselnuss.
Während wir malen, im Schlossturm, summe ich eine Melodie, didumm, dann summt Kai eine, didamm, und vor den kleinen Fenstern im Turm geht die Sonne unter, sodass es dunkel wird.
Erst werden Sorbet und Haselnuss, dann Sorbet und Cadmium, zu grau oder schwarz. Als letztes Feuerrot, bis unsere Plakate aussehen wie Schattenrisse.

Dann macht Kai das Licht an, aber die Farben kommen nicht ganz zurück.

* Heinz, Lukash, Schoko, Vanessa, der Illing, Jürgen und ich liegen am Schonfeld im Gras.
Durch die brockige Erde flirren Ameisen und es gibt eine Grille.
Wir reden nicht.

* Am besten ist ein Sandwich mit Salami. Es ist auch möglich, statt der Salami einfach Schinken zu nehmen. Oder Putenbrust oder Speck oder Schnittfrikadelle oder geräucherte Mettenden oder Thüringer Mocke oder grobe Leberwurst.
Heinz sagt, dass in der groben Leberwurst Hirn sei.
Er wisse es deswegen, weil seine Eltern einen Schlachthof hätten. Das hatte er Kai und mir gesagt, an einem Abend, als wir ihn um ein Sandwich baten.
Dass es in diesem Schlachthof einen Raum gebe, der tief unter der Erde sei, in dem jede Nacht hundert Schweine an Haken zum Trocknen hängen würden, dass Trocknen bei Schweinen (und ich habe ja gefragt) nicht dasselbe sei wie bei Hunden, die durch den Regen liefen, was Hunde

täten, und von denen es tropfen würde wie vom Himmel, und auch nicht dasselbe wie bei Hunden, die von Vätern in die Regentonne gedrückt würden.
Dass diese Schweine an großen stählernen Haken kopfüber lagerten, und dass er uns, also Kai und mich, gerne einmal mit dazuhängen würde. Dann hat er uns ein Sandwich mit grober Leberwurst gegeben.

* Als an den Waldrändern der Schnee in die Gräben fiel, machten wir ein Feuer und verbrannten klamme Scheite. Der dicke Rauch zog in die Wolken.
Ich bin erstaunt, wie das zusammenpasst. Als wären die Scheite klamm, um dicken Rauch zu erzeugen. Als wäre der Schnee in den Wald gefallen, um sich gegen das Loch zu wehren. Als zöge der dicke Rauch in die Wolken, um die Mauersegler zu wecken. Als wäre der Schnee gefallen, um die Scheite klamm zu machen.

* *Was ich weiß, was Kai macht*
Kai schleicht in schwarzen Tennissocken aus dem Schloss.
Kai zieht sich draußen im Schnee seine Schuhe an.
Kai holt die Leiter und einen Spaten aus dem Versteck.
(Ich weiß, wo das Versteck ist.)

Kai geht zum Loch, langsam. Der Schnee reicht über seine Knöchel.
Kai wirft eine Schaufel voll Schnee über den Rand.
Kai wirft eine Schaufel voll Dreck über den Rand.
Kai wirft eine Schaufel voll Dreck über den Rand.
Kai wirft eine Schaufel voll Dreck über den Rand in den Wald.

Ich schleiche in Socken aus dem Schloss, ziehe mir die Schuhe an und gehe zum Loch, um zu helfen. Aber keine Spur von Kai, auch nicht im Schnee.

* *Was ich weiß, was Kai weiß, was ich mache*
Ich schleiche in schwarzen Tennissocken aus dem Schloss.
Ich ziehe mir draußen im Schnee meine Schuhe an.
Ich laufe zum Loch, schneller als Kai, falle aber hin, was mich ärgert.
Kai geht, bevor ich ankomme, um allein zu sein.

Dann werfe ich eine Schaufel voll Dreck über den Rand in den Wald.
Und noch eine.
Und noch eine.

* Als ich aus dem Wald zurückkomme, sehe ich im Dunkeln den Jocke vor der Küchentür ein Glas Milch trinken. Auf seiner weißen Jacke sind Flecken von brauner Soße.

* In einer Nacht fällt der Schnee so hoch, dass am nächsten Morgen niemand die Tür aufbekommt. Erst am Mittag wird im Waldfamilienhaus bemerkt, dass alle Bewohner des Schlosses fehlen, überall würden wir fehlen, sagt der Bohlender, und findet das gut. Und sie schicken Hilfe, den Jocke mit einer Schneeschippe. Als der aber kommt, ist die Schule ohnehin vorbei und alle bleiben drinnen, an die Heizungen der Zimmer gelehnt und Satan vor dem Computer. Bis dahin haben wir nichts zu essen, außer dem ranzigen Gebäck vom Vortag und Punsch. Der Bohlender sagt zu Heinz, dass wir nichts zu essen hätten und er deshalb auch ein Auge zudrücken würde, und Heinz antwortet, dass er nicht wissen würde, wovon der Bohlender rede, aber Lukash steht schon im Flur und hat Toast und Scheiblettenkäse und kleine Tomaten und Kochschinken in der Hand, vor sich her schiebt er die Sandwichmaschine. Der Bohlender hält sein Versprechen, isst drei Sandwiches und Heinz darf die Sandwichmaschine wieder in sein Zimmer rollen, als hätte der Bohlender nichts gesehen. Kai ist unruhig, weil er Angst um unser Loch hat, wegen des Schnees. Wir sitzen im obersten Stockwerk und sehen der Sonne

zu, beim Hellerwerden und später beim Dunklerwerden. Es fällt den ganzen Tag über Schnee und der Bohlender stellt Kerzen in die kleinen Fenster mit den Eisblumen. Und dann ist es sehr still, immer zwei sprechen miteinander und draußen segeln dicke Flocken in dunkler Luft.

* Schoko setzt sich auf Kais Bett, ans Kopfende. Ich verstecke mich unter dem Bett. Kai tut so, als ob er schlafen würde, und Schoko boxt ihm sanft in den Bauch. Was denn sei, fragt Kai mit halbgeschlossenen Augen, er schlafe doch schon. Schoko zieht sich die durchsichtigen Handschuhe aus dem Putzraum über die Hände und drückt die Finger in Kais Gesicht. Sie knetet und kneift, ohne ein Wort zu sagen. Au, macht Kai, als sie eine Narbe aufkratzt. Psst, macht Schoko. Dann knöpft sie ihr Nachthemd auf, ihre Brüste wippen mit den Federn der Matratze. Kai starrt mit offenem Mund und etwas in seinem Gesicht bewegt sich. Schoko lacht leise, dann lauter und immer noch lauter. Sie knöpft ihr Hemd zu und geht.

* Kai hat sich das Gesicht eingefettet. Er dürfe sich das Gesicht nicht so oft waschen, sagt er, das sei nicht so gut für seine Haut, und dass das überhaupt keine Ausrede sei.

Ich frage, warum er denn andauernd auch diese Medikamente nimmt, und er antwortet, dass es die Medikamente seien, die die Akne verursachten, und nicht, dass er ein Perverser wäre, wie Lukash behauptet, und dass er sie eben nehmen müsse. Wir starrten uns eine Weile an, dann fingen wir an, uns auf die Oberarme zu schlagen, bis sie so rot waren wie Kais Gesicht. Wir lachten und liefen später zum Loch, es ist Kais letzter Tag.

* Kai kommt mit einem Tablett aus seinem Zimmer. Wo er denn hin will, frage ich ihn, aber er antwortet nicht. Er hinkt ein wenig. Auf dem Tablett sind eine Kanne mit kaltem rotem Tee und eine Tube Zahnpasta. Langsam, als wolle er nicht ankommen, geht er zu Schoko ins Zimmer.

* Kai kommt wieder aus dem Zimmer von Schoko, er hat nur noch seine Unterhose an und trägt das Tablett, auf dem jetzt nur noch die leere Kanne steht. Er geht in sein eigenes Zimmer. Als er wieder herauskommt, trägt er eine neue Hose.

Ich frage ihn, ob er geweint hat, und wir gehen raus. Wir spazieren über das Schonfeld und kauen an Gräsern, die wir vom Wegrand gepflückt haben. Sie schmecken nicht, aber wir haben einen Cowboy gesehen, der das gemacht hat, in einem Film. Er wirkte ziemlich sympathisch. Dann hat Kai gesagt, wir sähen aus wie Kühe. Wir haben gelacht und Kai hat Rotz durch die Nase hochgezogen. Dann haben wir uns hingesetzt und Kai hat gesagt, dass wir uns ein wenig beeilen müssten. Wir sollten in den nächsten Tagen in Doppelschichten graben. Er wisse nicht genau, wie viel Zeit noch bleibe. Ich weiß wohl, dass ich nicht gesagt habe, ob Kai geantwortet hat, er habe geweint oder er habe nicht geweint. Das liegt daran, dass ich das nicht sagen möchte.

* Der Jocke, der vor die Tür gegangen ist, sagt, dass ich die Kartoffeln stampfen soll. Dann drückt er meinen Oberarm und sagt, dass ich mit diesen Oberarmen doch lieber den Salat waschen solle. Er würde dann die Kartoffeln stampfen. Ich frage ihn, warum er die Kartoffeln stampfen wolle. Der Jocke antwortet, dass es sonst einfach nicht möglich sei, Kartoffelbrei zu haben, aber das habe ich nicht gemeint. Also frage ich ihn noch einmal, wieso er die Kartoffeln stampft anstatt sie so zu lassen, wie sie sind.

Der Jocke schaut mich merkwürdig an. So wie Lukash Heinz anschaut, wenn der sich über den Kopf streicht. Oder wie Herr Käthe die Käthe anschaut. Er sagt, dass es eben auch Frikassee geben würde, und wie ich mir das eigentlich vorstelle.

Dann geht er rein und schüttelt den Kopf.
Ich gehe auch hinein und fange an, den Salat zu waschen.

* Der Jocke kommt zu dem Spülbecken, an dem ich den Salat wasche. Er hat ein zerkratztes Schüsselchen in der Hand, in dem Schüsselchen sind zwei Kartoffeln, die dampfen, und ein Schlag Frikassee, das auch dampft.
Der Jocke sagt, dass ich einmal probieren solle.
Ich esse kein Frikassee, es sieht aus, als sei es gut, es riecht sogar gut, die grünen Erbsen machen es wirklich ansehnlich, aber ich falle nicht mehr darauf herein. Es schmeckt nicht. Nie.
Ich lehne ab, sage, dass ich gar keinen Hunger habe.
Dann sagt der Jocke, ob ich es jetzt sehen würde, die Kartoffeln und das Frikassee.
Ich sage, dass ich es sehe, was stimmt. Dann sagt der Jocke, dass der Grund, weshalb ich das nicht essen wolle, der sei, dass Frikassee und Kartoffeln nicht zusammengehören.
Ich sage nicht, dass ich finde, dass Frikassee und Kartoffelbrei auch nicht zusammengehören würden.
Stattdessen sagt der Jocke, dass, wenn alle Zutaten zusammengefügt werden, mehr da sein müsse, als die ›Summe‹ aller Zutaten. Ich verstehe das Wort ›Summe‹ nicht. Und den Rest auch nicht.

* Ich habe allein gegraben.
Wir haben zwei zusätzliche Schichten, 30 Minuten vor und 30 Minuten nach dem Frühstück.
Im Wald habe ich, und ich bin mir sicher, Frau Ehrlich gesehen. Sie trat aus der Deckung eines Baumstammes hervor, ging ein paar Schritte zum nächsten Baumstamm und verschwand dahinter.
Heinz behauptete, ohne dass ihn jemand danach gefragt hatte, dass es siebenhunderteinunddreißig verschwundene Personen im Wald gebe. Dass sie dann doch nicht verschwunden wären, wenn sie im Wald wären, habe ich gedacht, aber nicht gesagt.
Ich glaube Heinz nicht.

* Kai kommt nachts in mein Zimmer, ohne dass ich es bemerke. Ich habe von einem Gewitter geträumt und bin aufgewacht, weil ein Blitz in den Schlossturm eingeschlagen ist. Ich sehe Kai an meinem Bett sitzen. Und weil ich noch so erschrocken bin von dem Blitz, finde ich es gar nicht so ungewöhnlich, Kai an meinem Bett vorzufinden. Eher beruhigend.
Er wolle nur wissen, ob ich schlafe, sagt er leise. Ich sage, dass ich schlafen würde, und schließe meine Augen.
Am Morgen ist Kai verschwunden.

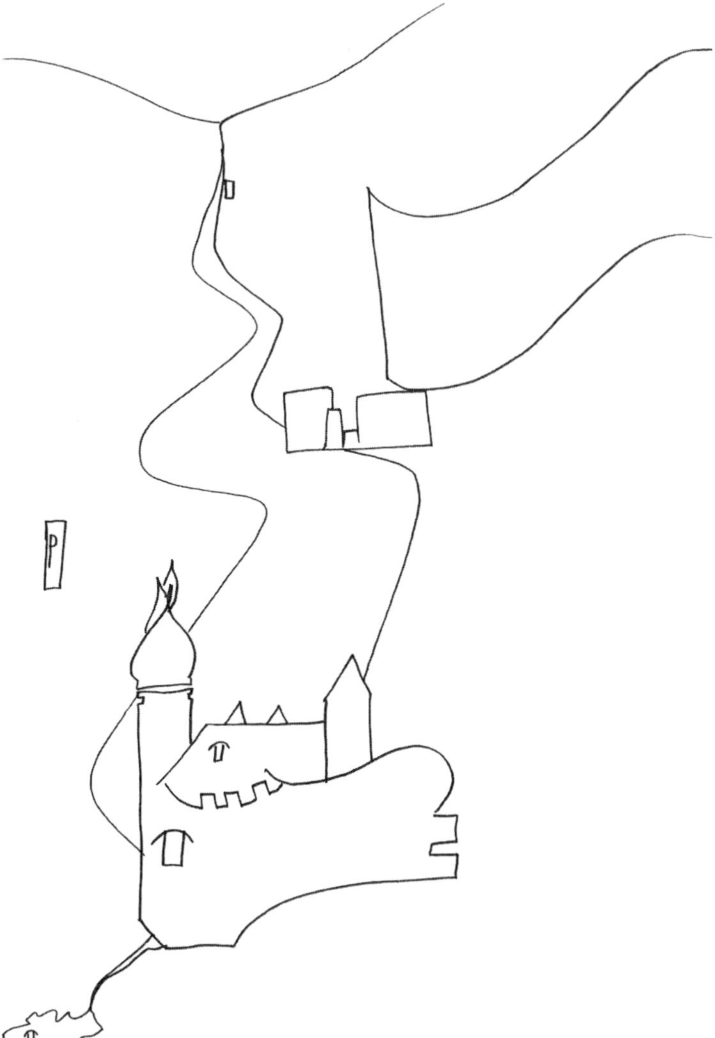

* Weil ich nicht weiß, was Kai macht, suche ich ihn.
Ich suche Kai in seinem Zimmer, was noch kein richtiges Suchen ist. Ich klopfe an der Tür, gehe hinein, niemand ist da, obwohl das Licht brennt, und ich gehe wieder.
Ich suche Kai auf und neben den Wegen des Schonfelds.
Ich suche Kai im Bandbunker.
Ich suche Kai um die Häuser herum, im Schwimmbad.
Ich suche Kai im Regen, bei Wind, vor einem Sturm, laufend, gehend, schlurfend.
Ich frage den Bohlender, wo Kai ist, ich frage Herrn Gumtau, den Illing und Jürgen.
Ich frage weder Schoko noch Heinz, noch Lukash, noch Vera.
Ich suche Kai beim Loch, das ich nicht finden kann.
Dann frage ich doch Schoko, die es nicht weiß, sagt sie.

* Ich suche das Loch, dort, wo es war.
Weil es dort nicht mehr ist, Erde so dicht, als wäre es nie ausgehoben, gehe ich ein paar Schritte in irgendeine Richtung und suche dort. Weil es aber gar nicht dort sein kann, wo ich jetzt suche, gehe ich wieder zurück, dorthin, wo das Loch war. Weil es dort aber nicht mehr ist, laufe ich durch

den Wald und suche nach dem Loch, was nirgendwo sein kann. Nur dort, wo wir es gegraben haben, ich und Kai, den ich auch nicht finden kann. Zurück an der Stelle, an der das Loch war, wo es einfach nicht mehr ist, kein Zweifel, entscheide ich, dass ich es nicht glauben kann.

* Dass sie bei dem Geburtstag von Helmut gewesen sei, sagt meine Mutter, mein Onkel, der mit dem dicken Bauch? Ich-wisse-schon. Ich nicke und spieße von dem leeren Teller Gyros auf meine Gabel, das nicht mehr da ist.
Es sei ganz-nett-gewesen, es hätte ein Buffet gegeben, auch Fleisch, so gebraten, mit Schinken, alles ganz nett angerichtet, kleine Fischpasteten mit so Rauke drum herum, und so kleine so ja, so Brotscheiben, mit Tomate und Knoblauch und Aubergine, also so ein wenig angemacht. Ja, und alles ganz nett angerichtet, so, Rosenblätter aus Radieschen. Und dann so ein paar Nachtische auch, ein oder zwei, nein sogar drei Kuchen, ein Schokoladenkuchen, der war jetzt, naja, einfach nichts Besonderes, aber ein Karottenkuchen, von deiner Cousine, du weißt? Mara? Na, der war sehr lecker, das muss ich schon sagen, ja. Na ja, und dann noch Quarkspeise und so ein bisschen Obst mit Kompott. Naja, sagt meine Mutter, naja.
Ich sage, dass wir ein Loch gegraben haben, ich und Kai, bereue aber gleich, es ihr gesagt zu haben, weshalb ich

das letzte Wort nur so leise sage, dass sie es kaum hören können kann.
Dass das doch ganz gut sei, sagt meine Mutter, so ein Loch. Sie legt die Gabel weg, als sei ihr plötzlich der Appetit vergangen, und sagt noch einmal, so ein Loch.
Ich sage, dass Frau Titgen – und ich sage nicht, wenn es sie überhaupt gibt – es ja auch mal mit einem Loch probieren könne. Dann sagt meine Mutter nichts mehr.

* Kai hat immer überall gleichzeitig hingeschaut. Sein Kopf ist immer in Bewegung gewesen, erst links, dann rechts und wieder links, oben, hinten, oben, links, unten und er hat alles gesehen. Mir wurde manchmal schwindelig, denn ich schaue immer sehr lange nur in eine Richtung, etwa zu Kai oder dem Bohlender oder Schoko oder in das Loch. Aber Kai konnte gleichzeitig in das Loch und in den Himmel schauen. Lukash schaut immer nach vorne, der Illing nach oben, der Bohlender schaut unter die Betten, Vera immer etwas nach unten, Satan schaut auf den Computer-Bildschirm, ich habe keine Ahnung, wo Heinz hinschaut. Moritz schaut auf Electra, Electra auf Moritz, Frau Glimeroth nach links (am Kopf vorbei), die Käthe nach unten, Herr Käthe auf die Tische, Herr Gumtau nach links, ich nach oben, Lukash auf Schoko und Schoko immer in die Augen. Immer genau in die Augen.

* Dass ich eine Kalte Muschi möchte, sage ich der Käthe, sie entgegnet, dass das in Ordnung gehe, und schüttelt den Kopf. Ich setze mich an den Tisch, hinten links, mit dem schweren Aschenbecher, an dem ein Schild mit der Aufschrift: ›Stammtisch‹ hängt. Ob die anderen gleich kommen, fragt die Käthe und stellt das Glas auf einen Bierdeckel. Ich trinke das Glas in einem Zug aus und sage, dass ich noch eine Kalte Muschi möchte. Ob ich nicht sonst immer an dem anderen Tisch sitzen würde, fragt mich die Käthe, und sie stellt das Glas auf den Bierdeckel. Ich trinke das Glas in einem Zug aus und sage, dass ich noch eine Kalte Muschi möchte. Dass ich irgendwie verändert aussehe, sagt die Käthe, mit ängstlicher Stimme und stellt das Glas auf einen Bierdeckel. Ich trinke das Glas in einem Zug aus und sage, dass ich noch eine Kalte Muschi möchte. Das sei aber die letzte, sagt die Käthe ganz nah über meinem Gesicht, so, dass ihr Busen auf meinen Kopf hängt. Sie stellt das letzte Mal ein Glas, wortlos tut sie das, auf einen Bierdeckel. Ich trinke das Glas in einem Zug aus.

* Heinz hat die Sandwichmaschine in seiner Wand versteckt. Er hat die Holztafeln aus der Wand gebrochen, die Sandwichmaschine hineingerollt und die Holztafeln einfach wieder davorgestellt. Hinter den Holztafeln ist so

viel Platz, dass Heinz die Maschine nicht einmal herausholen muss, wenn er sich ein Sandwich machen möchte. Er kann bequem in der Wand sitzen, also zwischen draußen und drinnen.
Ich weiß nicht, wie Heinz die Maschine jemals, unbeobachtet, dorthin bekommen haben mag.
Es gab einen kleinen Brand im Schloss und die Sandwichmaschine war der Brandherd. Niemand wurde verletzt. Weil ich keine Lust habe, notiere ich ›Brandherd‹ nicht.

* Ich habe von Frau Ehrlich geträumt. So:
Sie und Kai gehen durch den Wald, ich sehe beide vom Badezimmerfenster im Schloss aus. Frau Ehrlich, aber genau kann ich es nicht erkennen, hat drei Arme, mit denen sie in viele Richtungen zeigt. Kai schaut ihren Armen hinterher, die schnell die Richtungen wechseln. Obwohl ich nur ein Handtuch trage, um die Hüfte, und obwohl es sehr kalt ist, laufe ich aus dem Schloss hinaus in den Wald. Erst sehe ich sie nicht mehr, dann finde ich sie wieder, sie sind weiter weg. Ich laufe in den Wald. Kurz bevor ich sie erreiche, drehen sich beide zu mir und reagieren nicht auf mich, als wäre ich nicht da, was mich ärgert. Dann heben beide vom Boden ab. Ich möchte hinterher, aber weil ich nicht fliegen kann, bleibe ich auf dem Waldboden zurück. Das ärgert mich

noch mehr. Frau Ehrlich und Kai verschwinden über den Baumkronen.
Als ich hinunterschaue, sehe ich, dass ich am Rand vom Loch stehe, was mich wundert, weil es ja eigentlich gar nicht mehr da ist.
Dann wache ich auf.

* Ob ich Kai denn sehr gemocht habe, fragt mich Schoko, aber ich habe keine Lust, ihr zu antworten. Ob wir uns lieb gehabt hätten, fragt sie weiter, ob wir uns sehr lieb gehabt hätten. Obwohl ich weiß, dass es eine Falle sein muss, sage ich, dass wir uns sehr lieb gehabt hätten. Ob wir uns manchmal angefasst hätten, hier zum Beispiel, und sie zeigt auf meine Hose. Aber ich verstehe weder die Frage noch die Falle. Ob wir dabei manchmal auch nackt gewesen seien, fragt sie weiter und mir dämmert, was die Falle sein könnte. Ich sei nicht schwul, sage ich, etwas lauter, als ich wollte. Und ob sie mich nicht endlich in Ruhe lassen könne.
»Ich weiß«, sagt sie, und schaut auf den Boden. Sie schaut auf den Boden und es fällt mir auf, weil sie nie auf den Boden schaut. Sie hält mit der linken Hand ihre rechte Hand fest, wir sind alleine, alleine sind wir. Noch nie hat Schoko mit mir geredet, wenn niemand in der Nähe war.

* Schoko nimmt meine Hand, was mich erstaunt. Sie greift ganz langsam danach, streicht über meine Handflächen und ich bekomme eine Gänsehaut. Alles passiert zwischen unseren Stühlen. Weiter oben, über dem Tisch, schaut Lukash nach Schoko und Schoko nach Lukash, der eine Scheibe Sülze auf eine Scheibe Schwarzbrot legt. Mit der anderen Hand nehme ich meinen Becher und trinke einen Schluck Kakao. Dann schütte ich etwas Kakao auf den Tisch. Das passiert, weil meine Hand zittert. Schoko legt ihre zweite Hand auf meine, so, dass meine Hand zwischen ihren Händen eingeschlossen ist.

* Während ich mich vorbereite, in den Wald zu gehen (weil es kalt ist, ziehe ich sehr dicke Socken an, die dicksten, die ich habe, dann ziehe ich darüber ein zweites Paar sehr dicker Socken, die zweitdicksten, die ich habe, merke, dass es so herum eine blöde Idee war und ziehe beide wieder aus), sehe ich Schoko, die in der Tür steht. Sie schaut mich an, ich schaue zurück, unsere Blicke treffen sich. Ich weiß nicht, was sie denkt. Sie hat dunkle Augen, ein großer Teil von ihrem Gesicht sind Augen.
Sie geht einen Schritt in meine Richtung und ich gehe einen Schritt nach hinten. Sie weicht zurück, ich beruhige mich und sie kommt wieder auf mich zu.

Bei mir angekommen, kniet sie sich hin und nimmt meine zweitdicksten Socken in die Hand. Ich zähle die Streifen auf meinen dicksten Socken, ich zähle bis vierzehn. Dann nimmt sie meinen Fuß in die andere Hand und streift mir meine zweitdicksten Socken erst über den einen, dann über den anderen Fuß.
Ich gehe aus dem Zimmer und versuche, mir nicht anmerken zu lassen, dass ich es merkwürdig finde, dass sie das gemacht hat.

* Ob Frau Ehrlich in der Nähe sei, frage ich den Bohlender. Dass Frau Ehrlich nie in der Nähe gewesen sei, sagt der Bohlender und schaut weiter aus dem Fenster, was er viel tut, in der letzten Zeit. Ich bin jetzt häufig in der Nähe von Schoko. Heinz und Lukash sind häufig in der Nähe voneinander, Lukash ist in der Nähe von Schoko, was Schoko nicht weiß. Ich weiß es, weil ich ihn gesehen habe, wie er Schoko angeschaut hat. Der Bohlender ist immer in der Nähe von einem Fenster, er flötet viel, aber redet kaum. Der Gumtau ist überall dort, wo er immer war. Electra und Moritz sind nie in der Nähe, die Ziegen sind meistens im Haus, das Heinz und Lukash gebaut haben, die auch häufig in der Nähe der Ziegen sind. Jürgen ist immer im Zimmer, er hat noch mehr Tiere aus Ton bekommen, von seinem Vater, der auch grinst, immer wenn

ich ihn sehe. Was selten ist, zugegeben. Jürgen stellt die Tonfiguren auf seinem Nachttisch auf, dann verschiebt er die Giraffe und stellt ein Nashorn nach vorne, trennt zwei Pinguine und positioniert sie an den Flanken, er setzt dem Nashorn einen Vogel (kein Mauersegler) auf den Rücken.
Satan ist in der Nähe eines Bildschirms, Kai ist ganz in der Nähe.

* Heute vermisse ich Kai kaum. Ich habe beim Frühstück an ihn gedacht, nur bei der Leberwurst, die übrig blieb. Ich habe Schoko über den Tisch hinweg beobachtet. Sie lachte über alles, was witzig zu sein schien, und alle, die sie hören konnten, lachten über das, was Schoko zu erzählen hatte, sofern es witzig war. Von Zeit zu Zeit drehte sie ihren Kopf zu mir und ich schaute schnell vor mich auf den Teller.
Ob denn was sei, rief sie über den Tisch zu mir. Ob sie da irgendwas habe, fragte sie, ob ich dort vielleicht etwas haben wolle oder warum ich sonst so glotzen würde. Dann schaue ich dem Käse zu und mein Kopf füllt sich mit warmem Wasser. Nicht weil ich traurig bin reiße ich ein Stück der Tischdecke, die über den Rand hängt, der Länge nach bis zur Tischkante auf.

* *Was ich weiß, was Kai macht*:

----

* Dann denke ich nochmal über die Tischdecke nach, die ich zerrissen hatte. Ich schreibe das Wort Zerrissen mit drei ›r‹ in mein Notizbuch, streiche es aber später wieder aus.

* *Was ich weiß, was Kai macht*:

----

* Ich bin mir sicher, Frau Ehrlich zu sehen. Ich stehe am Fenster, meine Nase habe ich an die kalte Scheibe gedrückt und ganz unten, am Tor, da steht sie.
Dann kommt Heinz ins Zimmer und bringt mir Tee.
Er trägt nur eine Unterhose und kniet mit dem Tablett vor mir nieder. Ich kenne das Spiel, auch wenn ich nie mitgespielt habe, weder als Sklave noch als Herrscher. Heinz hat oft gespielt, aber nie als Sklave. Obwohl ich nie mitgespielt habe, weiß ich, was ich zu tun habe, aber ich traue mich nicht, über Heinz' Glatze zu wischen.
Dass er jetzt gehen soll, sage ich, aber es klingt wie eine Bitte, mehr als ein Befehl. Ich weiß, dass das gegen die Spielregeln ist, aber ich kann nicht anders.
Heinz geht rückwärts aus dem Zimmer.
Der Tee ist süß.

* Weil Jürgen ein Stück Leberwurst in seinem Pudding gefunden hat, spuckt er den Pudding zurück in das Schälchen. Weil der Bohlender das sieht, muss Jürgen dableiben, während wir zur Ich-Zeit gehen. Weil Jürgen später Bauchschmerzen hat, frage ich ihn, warum er Bauchschmerzen hat. Obwohl ich es nicht wissen will, erzählt mir Jürgen, dass Jocke ihn mit achtzehn Schüsseln Pudding gefüttert hat, unten in der Küche. Obwohl ich es nicht wissen will, erzählt mir Jürgen, dass der Bohlender ihm dabei

die Hände festgehalten hat. Dann spuckt Jürgen achtzehn Schälchen Pudding in das Männerklo.

* Schoko läuft durchs Schloss und sucht ihren zweiten Schuh. Einen hat sie am linken Fuß, sie humpelt.

* Am ersten Familienabend ohne Kai schauen wir einen Film, in dem es um einen fetten Jungen geht, den niemand mag, im Film. Wir mögen ihn alle. Der Bohlender schaut nicht den Film, sondern aus dem Fenster. Danach reden wir über den dicken Jungen, wir entscheiden, ihn doch nicht zu mögen, der Bohlender schaut weiter aus dem Fenster.

* Unter Kais Bett hat Heinz einen Riegel Kräuterbutter gefunden, was er dem Bohlender gesagt hat. Das Fett ist in das Holz eingezogen und zu einem großen Fleck geworden. Heinz, ich und ein paar andere Familienmitglieder stehen um das Bett, in einem Halbkreis, während sich der Bohlender über das Bett beugt und den Fleck lange betrachtet.

Die Matratze ist seitlich hochgeklappt und stinkt nach Knoblauch, dicke Schimmelflecken wachsen von dem Holz in die Höhe. Irgendjemand sagt, dass das Bett jetzt aussehen würde wie Kais Gesicht, aber ich weiß nicht, wer.

* An der Stelle, an der das Loch war, wächst jetzt ein rotes Moos. Das sieht so aus, wie wenn man diese Weißen, die man probieren soll, in einem Glas Wasser über Nacht stehen lässt. Das müssen aber sehr viele von diesen Weißen sein, um so viel rotes Moos zu machen.

* Der Bohlender kommt in mein Zimmer. Er tritt auf der Stelle, was komisch aussieht, als könnte er gleich umfallen. Oder als müsste er dringend auf die Toilette.
Ob er wisse, wo Kai sei, frage ich ihn.
Dass er einen Schlüssel für mein Zimmer hätte, sagt der Bohlender. Dass er ihn mir geben würde, sagt der Bohlender, dass ich sehr gut darauf aufpassen solle, dass so ein Schlüssel auch Verantwortung bedeute, dass ich ihn auf keinen Fall verlieren dürfe, dass ein Schlüssel ein ›Privileg‹ sei, kein ›Recht‹.
Wo denn Kai sei, frage ich noch einmal.

Nur aus Gewohnheit, aber ohne richtig Lust dazu zu haben, oder es wichtig zu finden, notiere ich ›Privileg‹.

* Ein paar Mal drehe ich den Schlüssel im Schloss, nach links, nach rechts, links, rechts, auf, zu, auf, zu. Später schließe ich mein Zimmer von außen ab und gehe in den Wald. Noch etwas später verliere ich den Schlüssel im Wald. Er ist nirgends zu finden.

* Ich bleibe im Wald und rauche allein. Ich habe eine Methode erfunden, mit der die Finger nach dem Rauchen nicht nach Rauch riechen: Vom Mittagstisch habe ich eine Gabel mitgenommen, jetzt klemme ich den Filter zwischen die mittleren Zinken und rauche mithilfe der Gabel. Weil ich beim Rauchen an Kai denken muss, aber nicht an ihn denken möchte, denke ich darüber nach, wann ich diese Methode erfunden habe, mit der ich rauchen kann, ohne dass meine Finger nach Rauch riechen. Ob ich sie beim Mittagessen erfunden habe oder jetzt, wo ich mithilfe der Gabel rauche. Dann kann ich nichts mehr dagegen tun, dass ich darüber nachdenken muss, ob Kai die Antwort weiß, was ich nicht weiß, weil ich Kai nicht mehr weiß.

Am Ende, und das Ende ist dann, wenn die Glut an der Schrift vor dem Filter angelangt ist, drücke ich die Zigarette in den Waldboden und atme eine Rauchwolke aus. Weil meine Finger jetzt trotzdem nach Rauch stinken, werfe ich die Gabel in den Wald, der der Müll ist.

* Ich habe entschieden, es merkwürdig zu finden, dass der Illing nicht verschwindet. Logisch fände ich, dass der Illing eines Tages sich selbst in sein Zimmer mitgenommen haben würde, von innen abgeschlossen haben würde und sich nicht wieder hinausgenommen haben würde.
Kurz überlege ich, ob Kai vielleicht dort sein könnte, in Illings von innen abgeschlossenem Zimmer. Dann höre ich auf, über diese beiden Dinge, denn das sind es, zwei Dinge, nachzudenken, und gehe hinunter zum Schonfeld. Oder zum Tor. Das werde ich auf dem Weg entscheiden.

* Das Zimmer ist offen, meine Sachen liegen verstreut auf dem Boden, jemand war hier. Jürgen war es nicht.
Ich schaue auf den Schreibtisch, dann schaue ich wieder weg, dann schaue ich noch einmal auf den Schreibtisch.

Ein kleiner Haufen Dreck und Erde liegt dort, genau in der Mitte.

* Schoko steht dicht hinter mir. Wie sie dahin gekommen ist, weiß ich nicht. Auch nicht, wie ich dahin gekommen bin, wo ich bin, ich weiß nicht einmal, wo ich bin. Um mich herum ist es dunkel, gelbes Licht von den Seiten blendet, was die Seiten noch dunkler macht. Ich rieche ihren Hals, die Haare, ihr Stoffhemd und den Kragen. Sie dreht meinen Kopf, dass es mir weh tut, und ich rieche ihre Nase, finde das alles ein bisschen eklig. Aber auch o.k. Bevor ich fragen kann, ob sie auch glaube, dass wenn sich zwei Nasen riechen, sich beide Nasen in einer Endlosschlaufe verlieren, drücken sich ihre Lippen auf meine, das Licht wird dunkler. Ihre Zunge ist warm, unsere Zähne treffen sich und machen ein dumpfes Geräusch dabei. Ich finde das alles ein bisschen eklig. Aber auch o.k.

* Die Erde auf meinem Schreibtisch kommt aus dem Wald, das ist klar. Ich kann es riechen, sehe sogar purpurnes Moos aus dem Dreck stehen.
Es glitzert im Moos.

* Heinz erkennt geistig Behinderte an ihrer Form.
Er sagt, dass sie, diese geistig Behinderten, wie Schleim aussehen würden. Dass geistig Behinderte nicht ihre Form halten könnten, wie Schleim eben.
Man könne denen den Schwachsinn ansehen.
Dann nimmt er eine Handvoll Moos vom Schreibtisch und wirft damit nach Illing.

* Ein E-Moll ruft über das Schonfeld.
Es regnet warm und dampft rückwärts zum Himmel, der über dem Schloss anfängt.
Ich trage Stiefel aus Leder, die Schnürsenkel schleifen über den Waldboden, der sich bewegt.
Das E-Moll wird zu einem D-Dur, der Ton flirrt jetzt durch Geäst, aus dessen Zwischenräumen ein C-Dur 7 tropft, zäh und stetig.
So ist das.
Ich schwör's.

* Weil es dunkel ist, sehe ich Schoko erst spät vor dem Bandbunker sitzen. Ich sage Hallo zu ihr und sie sagt nichts.

* Und während der Ich-Zeit bleibe ich in meinem Zimmer, weil es kalt ist. Und weil es kalt ist, lege ich mich ins Bett. Und weil es im Bett warm ist, ziehe ich mich aus und weil ich nackt im Bett liege, fühle ich, wie mein eines Bein das andere berührt, mein linker Arm den Oberkörper und so weiter.

* Lukash steht am großen Tor und schaut die Straße hinunter zum Dorf. Er malt mit einem Finger ein Muster an einen Baum, er zieht die Rinde nach, es fängt an, ein wenig zu regnen.
Ich stehe ein Stück hinter ihm.

* Im Regen fallen die Blätter schneller vom Baum, sie wirbeln nicht.
Mal ist es so viel Wasser wie Luft, die Äste reiben sich am Wind und die Blätter sind Abrieb, so wie die Krümel vom Brötchen auf dem Holzbrettchen.

* Als Kai noch da war, gruben wir im Wald. Als wir das erste Mal gruben, taten wir das mit den Händen.
In das, was dann eine Kuhle war, haben wir uns gesetzt und ich habe meine erste Zigarette geraucht. Kai hat seine Schuhe ausgezogen und die Füße in die Kuhle eingegraben. Von außen hätte man uns im Wald nicht gesehen, von innen konnte ich Kais Füße nicht sehen.

* Ich nehme eine Handvoll Erde und Moos von meinem Schreibtisch und gehe in den Wald. Ich gehe nicht schnell, ziemlich langsam sogar.
Erst schaue ich beim jetzt fliederfarbenen Moos, ob die Erde passt, dann beim größten Baum, ob die Erde fehlt, dann an einigen anderen Stellen.

* Heinz zeigt mir im Wald den größten Baum.

* Eigentlich bin ich ganz anders.

* Dass er uns hier aufhängen würde, hatte Heinz gesagt und Kai und mir gleichzeitig, mit je einer Hand, in den Nacken gegriffen. Das wir uns nackt auszuziehen hätten, und immer, wenn er, Heinz, dann herunter käme, um ein neues Schwein zum Trocknen aufzuhängen, dass wir dann zu grunzen hätten, ganz nackt, im eiskalten Keller, der zum Trocknen der Schweine da sei, das hat Heinz erzählt, als er mit einem Schnupfen von einem Familienwochenende zurückkam.

* Vielleicht war es anders.
Vielleicht hat uns Heinz nie von den Fleischerhaken erzählt.
Vielleicht haben wir aber trotzdem ihn gesehen, wie er uns dort aufhängt.
Vielleicht haben wir aber auch ihn gesehen, wie er da hing, grunzend, wie ein Schwein, nackt, wie ein Schwein, die Augen zum Trocknen geöffnet.
Vielleicht haben wir auch gesehen, wie er vom Boden grobe Leberwurst gegessen hat, wie er rohen Schinken gegessen hat, der noch nicht ganz trocken war.
Vielleicht war es aber auch anders.

* Um eine E-Saite aufzuziehen, benötige ich Hornhaut an den Fingerkuppen. Ich reibe meine Finger dafür seit einigen Tagen am größten Baum, vorher, wenn Kai und ich eine Pause vom Graben machten, jetzt ohne Anlass.
Ich muss eine E-Saite aufziehen, weil mir diese Saite gerissen ist, das ist sie, gerissen, weil ich zu wild in die Saiten geschlagen habe.
Dass die E-Saite gerissen ist, heißt nicht, dass ich nicht mehr auf der Gitarre spielen kann. Erst dachte ich, dass es nicht gehen würde, aber dann hat der Bohlender gesagt, es täte mir vielleicht ganz gut, mit einer Saite weniger.
Vielleicht glaubt der Bohlender, dass fünf Saiten leiser sind als sechs? Vor allem sind die Töne höher, aber ich möchte den Bohlender nicht verwirren, deshalb erkläre ich es ihm nicht.
Die Rinde um den größten Baum ist rau wie Schorf, der eine Wunde bedeckt.
Die Saite scheint aus Schweinedarm zu sein.

* Wir binden die Plakate mit Schnürsenkeln zu Bündeln.

* In der Band ist es leise geworden, klar, wir haben kein Schlagzeug mehr und keine E-Saite.

Wir haben zwar ein Schlagzeug, aber niemand spielt darauf.

* Electra und irgendwer schmücken die Ziegen mit roten Schleifen, Heinz schneidet ihnen die Klauen.
Lukash probiert einen Tag lang Anzüge an, obwohl er nur drei hat. Er fragt Schoko, was sie von diesem halte, oder diesem, oder diesem.
Der Bohlender verbringt den Tag in seiner Wohnung, am Abend kommt er in den Bandbunker.
Frau Glimeroth hängt Bilder von Rhododendron-Blüten in die verblühten Rhododendren.
Die dicke Frau, die nur einen Vortrag gehalten hatte, ist nicht da.
Ich werfe Tannenzapfen aus dem Wald auf die Straße.

(Der Bohlender schenkt uns am Abend vor dem Rhododendron-Fest Rosinen und hält dann eine Rede über die Vergänglichkeit der Blüte.)

* Mein Anzug ist kleiner geworden. Beim Rhododendron-Fest gelte zwar Kleiderstufe 3, hat der Bohlender gesagt, dass das aber im Grunde selbstverständlich sei, dass er auch die Frage unmöglich finden würde. Schokos Kleid ist auch kleiner geworden.

* Dass es Gulasch geben würde, schreit Heinz.
Er läuft durch das Schloss, in Unterhose, Jocke läuft hinterher und versucht, ihm mit einer Kelle über den Hintern zu wischen.
Gulasch, ruft Heinz und weicht dem Jocke aus. Und dass es riechen würde wie Illings Mutter zwischen den Beinen! Heinz schlägt einen Haken und weicht der Kelle vom Jocke aus.
Weder Heinz noch Illing, noch ich essen das Gulasch am Mittag, das in Wirklichkeit nach Fisch riecht.

* Bei der letzten Probe vor dem Fest spielen wir keine Musik. Der Bohlender hat Plunder mitgebracht und isst flötend. Danach raucht er, wir sitzen vor dem Bandbunker und kauen auf Grashalmen. Dass wir dabei aussehen würden wie Kühe, sagt der Bohlender.

* *Was Kai gemacht hätte*:
Kai hätte sich ein Solo erlaubt, beim Konzert. Kai hätte die Fotos aus den Rhododendren geholt und sie ausgetauscht gegen eine Handvoll Heu vom Schonfeld oder eine Handvoll Moos aus dem Wald. Er hätte dem Bohlender seinen Tabak geklaut und mit mir geraucht, am Schonfeld, hinterm Schloss, im Wald, beim größten Baum und beim Loch, dass noch da wäre, was nicht sicher ist, aber anzunehmen.
Kai hätte laut meine notierten Worte vorgelesen, beim Fest, er hätte Frau Glimeroth … nun, er hätte kein Wort mit Frau Glimeroth geredet. Er hätte nichts zu ihr gesagt und sie hätte nichts geantwortet.

* *Was Kai aber auch gemacht hätte*:
Kai wäre Frau Ehrlich auf einen Meter nahegekommen. Frau Ehrlich hätte ihn gefragt, was er machen wolle, in seinem Leben. Kai hätte nichts gesagt und die Hand von Frau Ehrlich genommen. Sie hätte ihn in den Wald gezogen, sie wäre vorangegangen, Kai wäre hinter ihr hergegangen. Aber nicht, um ihr zu folgen, sondern so, als hätten sie den gleichen Weg. Ich weiß nicht, woran man den Unterschied erkennt, aber man kann ihn sehen, den Unterschied. Und an jedem Rhododendron, an dem sie vorbeigehen, sprießt eine neue Blüte aus den verblühten Knospen. Der

Dampf, den ihr Geruch bildet, wird zu einem Nebel, in dem erst beide verschwinden und dann Kai wieder auftaucht. So könnte es sein.

* *Was Kai nicht gemacht hätte*:
Kai hätte nicht geweint.

* *Was Kai gemacht hätte*:
Kai hätte diese nie genommen. Niemals. Er hätte sie dem Illing in den roten Tee gebröselt oder dem Bohlender in seinen Plunder.
Er hätte mir meine Worte gestrichen, alle, bis auf Rhododendron, das ich falsch geschrieben habe.

* *Was Kai gemacht hätte*:
\----

* Am Morgen sind alle Blütenfotos aus den Rhododendren geweht, eine Wolke hängt in der Krone des größten Baums.

* Im Schloss riecht es nach verbranntem Käse, der Bohlender flötet vom Turm, in meinen Mundwinkeln hängen Blätterteigkrumen von einem Stück Rosinenplunder.

Danke Danke Danke

An meine ganz echte Mutter, die immer einiges zu ertragen hat, auch was dieses Buch angeht, in der eine Mutter so fremd von meiner eigenen gezeichnet wird, dass es wehtun könnte.

An meine Freunde, natürlich, die guten Menschen vom Literaturinstitut, Beat Sterchi, den Bohlender auch.

Alphabetisch: Annika, Joschka, Lorena, Matthias, Paula, Rahel, Woody.

Und der Stadt Bern und dem Kanton Bern für Geld und Vertrauen.

Erste Auflage Berlin 2014

Göhrener Straße 7, 10437 Berlin
info@matthes-seitz-berlin.de

Umschlaggestaltung: Dirk Lebahn, Berlin
Satz: Tomas Mrazauskas, Berlin
Druck und Bindung: Friedrich Pustet, Regensburg

ISBN 978-3-95757-111-3

www.matthes-seitz-berlin.de